朱夏色的謊言

佐渡遼歌（さど りょうか） 著

目次

Contents

第一章

於是，我們牽手邁出自殺的第一步

紅色的×

「——你的腦子沒問題吧？」

這是初次見面的少女對我說的第一句話。

我和她分別坐在公園長椅的兩端。這個位置正好可以看見沙坑、鞦韆和蹺蹺板，不過大概是平日午後的緣故，視野所及的範圍都空無一人。

鞦韆被溫熱的暖風吹得前後搖晃。

馬尾少女所穿的潔白學生制服與靛藍色的百褶裙彰顯著炫目青春。這麼說起來，我最後一次穿制服是什麼時候的事情了？高三的畢業典禮嗎？還是大學一年級的全校制服日？記不清楚了。

汗水從耳垂和頭髮之間的位置滑落，順著臉頰、下巴、喉結，停在鎖骨的凹陷處後滲入襯衫領口。為了讓第一印象顯得體面，我特地從衣櫃深處找出這件當初為了打工面試時而買的名牌天藍色襯衫，不過離開宿舍半小時整件襯衫就被汗漬染成靛紫色了。真是失策。

聒噪的蟬鳴不絕於耳。

正面曬著太陽的腦袋昏昏脹脹，無法清晰思考下一句話該說什麼才好。

「所以——」

少女相當刻意地清了清喉嚨，開啟話題。

「你是北極星對吧？」

在現實中被他人用網名稱呼意外地相當羞恥。雖然一瞬間湧現否認的衝動，不過我只能故作鎮靜地說：「是的，而妳應該是草莓牛奶吧。」

少女微微點頭作為回答。

這個時候我發現到她臉頰靠近脖子的位置有一顆痣。注意到我的視線，草莓牛奶皺起眉，瞇起鳳眼回瞪，和「草莓牛奶」這種軟綿綿、甜膩膩的網名完全不相符的凶狠視線令我尷尬地轉移目光。

雖然說是初次見面，不過我和草莓牛奶已經認識將近四年的時間了。

高二暑假的假日，因為某種機緣巧合，我在公園舉辦的二手義賣會中買了一片自費出版的光碟，從此之後就成為「Lycoris」的忠實樂迷。

Lycoris成立於2003年，成員總共有四名——主唱、吉他手、貝斯手和鼓手，是一個批判現實、謳歌青春的搖滾地下樂團。話雖如此，我對於樂團的了解僅止於此，相較外行人稍微多知道一些知識的程度罷了。

畢竟我只是喜歡Lycoris這個樂團而非喜歡音樂，並不會特地去記住那些艱深難懂的專業術語，遑論學習相關知識。雖然參加過Lycoris數十場演唱會，我現在依然不曉得貝斯的弦到底是五根還是四根。

Lycoris的音樂有一種獨特的魔力。就像在夏日午後驀然想起的童年片段、或是在書店意外聽見熟悉卻不曉得歌詞內容的外國歌曲，可以瞬間令胸口充滿即將滿溢而出的感動，深深沉迷而無法自拔。

我和草莓牛奶認識的契機是Lycoris的論壇。

換句話說即是所謂的網友。

我們之間關於Lycoris的話題無所不談，也曾經在對方忙碌的時候幫忙購買演唱會的門票和周邊產品。儘管如此，我們之間的交流也止於Lycoris。

若要詢問我Lycoris以外的草莓牛奶，我大概只能回答「比我小」、「是女生」這種模糊印象。金錢方面透過轉帳解決，即使去了同一場演唱會，我們也很有默契地不會特意尋找對方。

因此當我在自殺網站看見和草莓牛奶完全相同的帳號和大頭貼時，一瞬間以為是帳號和其他人互撞了，畢竟我以為正值青春年華的高中少女不可能在自殺網站尋找共同自殺的對象。

發送訊息之後，意外的，草莓牛奶很快就回覆並且承認了。

「我的確是Lycoris的樂迷，既然會這麼問，表示你是我認識的那位『北極星』對吧。」

高風險高報酬，我的身分隨之曝光。

這個時候坐在身旁的高中少女再次清了清喉嚨。我趕忙收斂心神。

「——第一次見面就這麼講或許不太好，不過北極星，你的取名品味糟糕到無以復加的地步，如果將來有小孩，希望能夠命名權交給另一半比較好。為了孩子著想。」

要妳多管閒事！我可是瞪著註冊頁面絞盡腦汁了半小時才想出「北極星」這個名字耶！況且我可不認為用「草莓牛奶」註冊的品味有高到哪裡去！暗自腹誹的我並未反脣相譏，畢竟身為成年人可不能和高中生一般見識。

儘管如此，我依然無法乾脆地切入正題。

每次想要提起的時候總會在開頭的第一個音節卡住，無論如何用力也只能發出模糊的嘟噥聲。

「——明天，相同的時間，也在這裡見面？」

最後，我這麼說。從喉嚨死命擠出來的聲音沙啞至極。

雖然我使用語尾上揚的疑問句，不過草莓牛奶似乎將之判斷成獨斷，語氣不悅地拒絕。

「沒辦法，明天有考試，不能翹課。」

「那麼下次的星期六如何？一樣現在這個時間……雖然仔細想想，只要妳有空的日子我都可以配合，畢竟大學生就算翹掉整天的課也不成問題」

——大學生活好玩嗎？

草莓牛奶似乎一瞬間想要這麼問，最後依然將聲音鎖在舌尖，痛苦地皺眉。

「那麼就這樣。」

語畢，草莓牛奶猛然站起身子。

馬尾和百褶裙隨之揚起。

暗自鬆了一口氣的我舉起右手代替再見，直到目送她纖瘦卻打直腰桿的背影消失在視野盡頭才如釋重負地嘆息，將體重全部交付給長椅，任憑陽光和聒噪的蟬鳴砸落皮膚。

咿啞咿啞。視野一角可以看見無人的鞦韆依然隨風擺盪。

✣

約定好星期六午後見面的草莓牛奶並沒有出現。

或許突然有急事吧？或許是我自己記錯時間了？或許今天其實是星期五吧？大腦擅自捏造的理由要多少有多少，如此一想，虛構和現實之間的交界就會逐漸模糊，最後甚至將現實淹沒。

坐在長椅一端的我同時體會「鬆口氣」和「懊悔」兼具的奇妙情緒，雙手交疊地放在膝蓋繼續等待。

直到夕陽西落，皎潔明月高掛夜空，草莓牛奶依然沒有出現。

進入夜晚時刻的公園開始從四面八方的陰影滿溢出某種和晨間相異的氣氛，就像是液體的琉璃工藝品，帶著無法捉摸的透明光澤靜靜流淌。

不知不覺間，手機螢幕轉換成23：58這個數字。

見狀，我緩緩吐出肺部的空氣，將手機放入口袋。

正如先前的我所言，大學生有的是時間可以浪費，只要翹掉所有課程，一天甚至可以有二十四小時的空閒時間。因此我毫不著急，首次待在公園長椅度過兩天的交界點。

午夜零時的璀璨星空令人印象深刻。

✥

再次遇見草莓牛奶是在初次見面後第二個周末的星期六。

她穿著和上次相同、彰顯青春與夢想的學生制服以及過膝黑色網襪，漆黑深邃的頭髮紮成馬尾。在午後豔陽的照射下，隱約呈現半透明的白襯衫讓我下意識地避開視線。

草莓牛奶如期在星期六午後赴約，對此，我自然無法抱怨。

說到底，是當初沒有約定確切日期的我的錯。

「喲。」

我舉起拳頭打招呼。

原本希望草莓牛奶也能夠握拳和我的拳頭互擊，不過她似乎無法理解我的意圖，冷淡睥睨兩秒，默默坐在長椅有樹蔭的另一端。

察覺到她似乎心情不好，我發揮成年人的體貼保持沉默。

「——喂，上次第一次見面所以草草了事還可以理解，然而今天是第二次見面了，你我的時間也不多，難道要繼續浪費時間直到太陽下山嗎？約我出來見面的人是你吧？這個就是你想說的事情嗎？」

隨後就因為這份體貼挨罵了。

當我絞盡腦汁思考如何切入正題的時候，草莓牛奶目光中的鄙視也逐漸加重，最後逕自舉起右拳，擅自開啟嶄新的遊戲。

「贏的人可以問一個問題，輸的人要照實回答。開始吧。」

「咦？」

「剪刀、石頭、布。」

十分鐘後，我的三十七連敗絕讚持續中。

可惡！她也太強了！

難道這段時間已經有人發明出猜拳的必勝法了？

草莓牛奶貌似不打算認真提問，總是隨口說些「最喜歡的顏色」、「血型」、「星座」等無關緊要的問題，當我回答完就舉起右拳開始下一次的勝負。直到我好不容易贏了第一次，正在思考究竟要問什麼問題的時候，草莓牛奶猛然開口。

「——那麼為何你想要自殺？」

思緒愕然停止，我迎上草莓牛奶那雙閃爍複雜情緒的眼瞳，不自覺笑了出來。

「我可從來沒有說過自己要自殺吧。」

聞言，草莓牛奶的臉頰染上紅暈，咬緊嘴脣，抓起書包就要離開。

倉促之下，我只好抓住她的手腕阻攔。

「……放手變態，我要喊人了。」

「我發誓自己絕對沒有欺騙或愚弄妳的意思，抱歉剛才不小心笑出來了，但是看在認識那麼久和同為Lycoris樂迷的交情上，希望妳能夠好好聽完我的話，拜託了。」

「放手。」

我投降似的半舉起雙手，往後退了一步。

惡狠狠地瞪著我數秒，抱緊書包的草莓牛奶再次坐下。

這次她特地坐在長椅邊緣，保持隨時可以起身離開的姿勢。

好不容易獲得第二次機會的我謹慎斟酌措辭，仰望晴朗天空半晌才開口：「妳有聽過這個小鎮的都市傳說嗎？」

「……什麼？」

草莓牛奶一怔，用力猛踢我的小腿。

麻痺神經的痛楚襲上後腦杓。我強忍住哀號的衝動，板起臉繼續話題。

「網路上流傳許多種不同版本的說法，然而最根本的故事主軸大致相同。這座城市的某處有一間魔女開設的商店，只要付出『壽命』就可以買到任何物品，無論是否存在實體，那名魔女都會使用魔法完成交易。」

垂下眼簾的草莓牛奶沒有接話。

「我的情況已經透過訊息告訴妳了。說到這邊，大概能夠明白我們之間的利益相符，因此請妳陪我一起去尋找魔女的商店，用『剩餘的壽命』幫忙買到『我的夢想』，成功之後我會履行約定，陪妳一起自殺。」

「……無稽之談。」

草莓牛奶嗤之以鼻。放在膝上的兩手握得死緊。

「就算全部都是虛構也無所謂，因為，妳想死對吧？」

「……嗯。」

就像忍耐到了極限，待在泳池底部閉氣的人總得浮上水面呼吸的模樣，草莓牛奶淺淺地吐出肺部的空氣。掌骨的皮膚因為過度用力而逐漸變成白灰色，湊著藍綠色的血管看起來有些恐怖。

「我不懂這樣的生活有什麼價值，未來有什麼值得期待，因此，我想死。」

「既然如此，那些多餘的壽命白白浪費掉未免太可惜了，麻煩妳拿來購買我的『夢想』。」

草莓牛奶的眉頭深鎖。

我緊盯著她鼻梁和眉心之間的皺摺，試圖傳達尚未組織成言語的情緒。

「……你認為那種商店真的存在嗎？」

「剛才也說過就算純屬虛構也無所謂，當作陪我這個臨死之人最後一程，這個要求應該不為過吧？」

明明在腦袋擬稿的時候是宛如少年漫畫主角會說的帥氣台詞，然而實際脫口而出的話語卻帶著近乎哀求的軟弱。如果單純只聽聲音，或許會認為說話的人哭了也不一定。

「你當真想要找到那間魔女的商店？」

草莓牛奶不苟言笑地重複。

這個問題似乎和剛才相同，卻又帶著微妙差異。

「如果妳想要醫生證明書之類更確實的證據，可能要等下一次見面我才能拿給妳，或者現在跟我回去租屋的宿舍也是一個辦法。」

「還剩多久？」

「短暫到眨眼即逝的時間。放心吧，不會讓妳等太久。」

「……我要回去了。」

草莓牛奶猛然起身。

她的眼瞳中閃爍的情緒過於透明，使得我無法判斷那是同意或拒絕。

「——對了，你出拳太有規律性了。最好回去反省一下。」

我這次沒有凝視著草莓牛奶的背影，而是繼續坐在公園長椅一端眺望冷清的廣場，直到夜幕低垂才起身走回宿舍。

我所賃租的宿舍位於遠離鬧區的城鎮角落，偏遠情況一言以蔽之，大概是距離最靠近的便利商店步行需要十五分鐘的程度，然而租金低廉，總歸而言算是優質物件。

放有洗衣機的流理台和三間浴室廁所是公共區域，而環繞公共區域的區域利用隔板延著牆壁分隔出七間房間，分別租給鄰近大學的學生，目前全部客滿。有窗戶的房間必須加收一千元的租金，我的情況是因為當初入住的時候只剩下最後一間有窗戶的房間，所以無從選擇。

不過事後我挺慶幸房間內有窗戶，至少能夠透過陽光得知時間的變化。

由於每位住戶都將鞋子放在房間門外，導致走廊瀰漫一股酸臭味。入住後一周我就養成每次在打開樓層鐵門前閉氣的習慣了。繞過光線昏暗的走廊，打開門鎖，我昂首打量眼前不滿四坪的狹長房間。其中有九成的家具都是入住時房東附贈的，整體而言就像將二手市場買到的陳舊家具不管風格都塞入同一間房的感覺，不過畢竟免費，我也不好多說。

牆壁和天花板原本應該塗著白色油漆，然而隨著時間更迭已經變成土灰色，乍看之下給人不潔的印象。不過依然是相同的論點，畢竟免費。

我將溼漉漉的襯衫甩進牆角的塑膠洗衣籃，赤裸著上半身開啟空調，坐在床沿大口喘息。

打從某個時刻開始，我便察覺到自己是個接近臨界值的正常人。

出於好奇，我曾經做過許多心理狀態的測試，因此對於自己的情況也有所了解。

懷疑自己患了很嚴重的疾病而徹夜難眠，好幾次都因為無法確定是壓力所造成的胃痛還是疾病所造成的胃痛而在半夜驚醒。或許我明天最後死了吧？或許這次睡著後再也醒不來了？夜深人靜的時候，我始終在思考這些事情，直到不敵倦意而沉沉睡去，接著睜開眼睛迎接新的一天。

這是憂鬱症。

更精準地來說，這是即將成為憂鬱症的症狀。

然而我能夠意識到自己有憂鬱症的傾向，能夠說服自己那些都是妄想，藉此壓抑情緒，至今為止始終在那道界線之前徘徊，抱持自己是正常人的想法眺望界線之內的那些人，看著他們做出各種被眾人同情、被專家指正的行為。

我從未做過自殘、自殺的行為，因此我沒問題。

儘管常常夢見牙齒不停落下、用雙手珍惜捧著的夢境；被無數蠕蟲所包圍的夢境；被巨大不明怪獸追逐的夢境，然而那些終究只是夢，是虛假的妄想，我還有足夠的理智能夠維持現實，因此我沒問題。

不過若是在那之上施加些許壓力，或許我就會跨越那條線了。

明明今天只是將最基礎的條件談妥，我卻彷彿完成一件大事似的疲憊萬分，手腳發軟，渾身痠痛，意外倒是沒有任何成就感，不過仔細想想我的確沒有做什麼事情，也就釋懷了。

我自認為是相當愛整潔的類型，無法忍受插錯顏色的筆蓋和沒有呈現直角對齊的紙張，然而此刻房間卻凌亂不堪。地板堆滿空寶特瓶和塑膠袋，桌面則是被寫有「你也可以戰勝癌症」、「健康飲食、健康人生」的鮮豔文宣淹沒。

醫院護士的熱情媲美鄉下老家的鄰居婆婆，令我無從推辭。

懸掛在土灰色牆面的月曆提前翻到了九月份。

在30號的星期六那天，用紅色麥克筆劃出一個大大的×。

雖然想整理一下房間，然而撿起空寶特瓶後又覺得很沒勁，直接順勢躺在地板。赤裸的肩胛骨碰觸到地板，感受到無數微小的塵埃，麻癢感眨眼間就擴散到整個身體。

——我會死。

明明距離拿到檢查報告那天已經過了數天，這句話依然缺乏真實感。

就像透過電視螢幕觀看遙遠國度的戰爭紀錄片：神色空洞的難民顛沛流離，砲聲槍響不絕於耳，城市在燃燒，人們以分鐘為單位死去，我卻無法感同身受地流淚。

凝視天花板緩慢轉動的吊扇扇葉，躺在地板的我忽然覺得全身的力氣都流失了。我會死。事情就是這麼簡單。沒有轉圜餘地。然而嘴角卻不自覺地揚起，感受著前所未有的奇特情緒，或許這個時候我就已經瘋了也說不定。

公車站牌

自從得知自己患病之後，睡前使用電腦瀏覽自殺網站就成了例行公事。

雖然早已知道網絡世界無所不有，只要有心，甚至能夠用鍵盤敲打出炸彈的做法或者偽裝電腦發信源的程式，然而實際見到隱匿在眾多社群網站之後的自殺網站還是不免感到戰慄。

那是深埋在網絡底層的無底深淵。

分享不會痛苦的自殺方法；尋找一起自殺的夥伴；笑話似的談論想要自殺的原因；大肆咒罵他人；自嘲這次自殺又被救活了；鼓吹挑釁其他人去死，世界各地的惡意、悲傷與幸災樂禍全部集合起來進行攪和，呈現下水道似的混濁漆黑顏色，數量之龐大簡直令我頭昏目眩。

其中最大規模的論壇單日瀏覽數甚至輕易超過三萬。

倘若這些人當真如同發言自殺了，隔天還會有三萬的瀏覽數嗎？

如果每天都有三萬人自殺，要花多久地球的人口才會歸零？

思索片刻，我馬上就放棄了。數學向來不是我的得意科目。

明明世界上有很多人想要繼續活下去，卻也有同樣多、甚至更多的人想去死。如此矛盾的事實讓我疑惑不已，宛如國小的時候想不通地球是如何繞著太陽轉的時候一樣。

那個時候我因為看見了太陽系的模型而釐清疑惑，然而現在又得看著什麼才能夠搞懂這個問題？自殺論壇的討論串、自殺未遂者所寫的文章還是正要自殺的人？

紗窗似乎飛來了一隻獨角仙。不時聽見悶悶的撞擊聲。

不過既然新聞報紙沒有播報人口大滅絕的跡象，專家學者也始終保持沉默，表示論壇中的會員大多都沒有自殺的勇氣吧？

我停頓片刻，察覺使用「勇氣」來形容似乎不太恰當，然而偏偏想不到更適合的詞彙，只好繼續瞪著不停刷新的留言。

當滾動滑鼠的食指開始感到僵硬時，我才注意到已經天亮了。

久違地熬夜了，不過精神意外得亢奮，或許是睡前那杯咖啡的功勞吧？雖然按照以往經驗，只要再過個三個小時左右我就會不支倒地。這個就是熬夜的代價。

擱在滑鼠旁邊的手機螢幕發出短促閃光。

是女友傳來的訊息。

說起來，我們有多久沒有見面了？一星期，一個月還是兩個月？

偏頭思索今天日期的我拿起手機。

「——我們分手吧。」

這行字比想像中更簡短，連一行都佔不滿，按下確認鍵送出訊息的動作也意外地簡單。

將電量只剩下７％的手機切換成靜音模式後扔到桌面。下個瞬間，手機立刻和雜物融為一體，彷彿它一直存在於檯燈和面紙盒之間的縫隙。我走到衣櫃前面，準備換下這身居家服好出門赴草莓牛奶的約。

這次就不選淺色系的襯衫了。

✣

「——那麼，尋找魔女探險隊！出發囉！」

晴朗的週六午後，我以不遜於陽光的熱情高聲呼喊。

不過很可惜，看來這份熱情並未傳達給草莓牛奶。戴著鴨舌帽的高中少女站在距離我好一段距離的位置，毫不遮掩看待白癡的冷淡眼神。

她今天穿著刷破的牛仔長褲和米白色薄長袖外套，澈底的防曬措施。

我不禁想起國小的時候有位同班的女同學，無論晴天陰天，只要上體育課就得先在陰涼處抹好防曬乳才願意接觸陽光，不過體育老師恰巧也是女性，大概能夠體諒女孩子不想變黑的細膩心思，也有可能只是單純覺得很麻煩，總之那位女同學直到畢業前最後一堂體育課都認真擦完防曬乳，跟著大家一起做暖身操，然後和好朋友躲在樹蔭處聊天直到下課鐘響。

從那個時候開始，我就覺得女孩子是一種難以理解又奇妙的存在。

然而經過了數年的鍛鍊，我多少也培養出能夠和這種難以理解又奇妙的存在互相交流的能力。

「便服很好看喔。」

「省省吧，又不是初次約會的青澀戀人，沒必要搞那套連你自己都不順的台詞。」

我被罵得狗血淋頭，而草莓牛奶雙手插在外套口袋，逕自走到陰涼處，靠著貼有尋狗啟事的電線桿稍作歇息。小心翼翼地靠過去，我從口袋抽出小記事本，單手攤開用大拇指壓住內頁。

「我找到一位據說住在這座小鎮的魔女，雖然感覺不是開店那位，不過先去拜訪看看吧。既然身為魔女，對於同行應該有所瞭解才對。」

「……怎麼找的？」

「當然是透過網路，現在是科技的時代。」

「……什麼意思？魔女在網路上發言坦承自己是魔女？腦子壞了不成？」

「當然不可能那麼明目張膽啦，我是從好幾篇文章的蛛絲馬跡推敲出來的。」

「……你其實是個笨蛋對吧。」

「真是失禮啊，雖然我的數學很差不過其他科目都有平均以上的水準喔。」

草莓牛奶疲倦地垂首嘆息。

為了填補她不足的熱情，我更加情緒高漲地邁出腳步。草莓牛奶壓低鴨舌帽，保持兩步的距離亦步亦趨地跟在後方。

我們經過收費停車場、三角形的小公園和兩側都是商家的長長上坡路。途中我不時打量兩側店家的櫥窗，雙手插在外套口袋的草莓牛奶卻始終擺出一副對周遭不感興趣的表情，默默跟在後方。

身體逐漸發熱，有種即將中暑的前兆。昨天熬夜的後遺症緩緩浮現，為了打起精神我抬頭對著晴朗的天空大叫，和四面八方的蟬鳴以及不曉得打哪裡來的狗叫聲互相融合，成為夏天的一部分。

「喔喔喔喔喔！」

「別這樣，丟臉死了。」

俏臉微紅的草莓牛奶皺眉罵。

擔心繼續鬧下去她會扭頭走人，我只好雙手合十地道歉。

在那之後，我們按照從網路抄錄的住址在小鎮東奔西跑，直到汗流浹背而草莓牛奶也瀕臨發飆邊緣的時候我才察覺「我們迷路了」這個事實。在現代社會，要解決迷路其實很簡單，只要用手機的衛星定位就能夠以最短路徑抵達目的地，然而我的手機扔在宿舍，草莓牛奶的手機恰巧沒電了。

尋找魔女的探險頓時陷入窘境。

「——你這傢伙是路癡就早講啊！在那邊帶路帶得那麼開心是在帶心酸的呀！浪費時間！地址拿來！」

草莓牛奶凌厲奪下我的小記事本，對照最靠近民宅的門牌號碼後思索數秒，乾脆地轉身就走。我急忙小跑步跟上。

雙方的立場頓時倒轉。

這時我注意到草莓牛奶的腳步很輕……應該說她走得相當抬頭挺胸，每一步都會好好抬高膝蓋後才放下腳，和拖著鞋跟的我澈底不同。

我嘗試學著她的方式走路，三十公尺就放棄了。大腿好痠。

二十分鐘後，我們總算抵達網路所寫的住址。

周遭是靜謐的住宅區，獨門獨戶的建築物比鄰而居，不遠處可見到數棟高層公寓，而眼前這棟幾乎被爬藤植物佔據外牆的獨棟建築物，想必就是魔女的住所了。

庭院蔓草叢生，角落堆著一組不曉得是桌椅還是衣櫃的殘骸，房屋本身同樣相當陳舊，窗戶玻璃甚至出現好幾個缺口，顯然荒廢許久。

眼神呆滯的草莓牛奶吶吶吐出感言。

「的確像是有鬼出來也不奇怪的房子。」

「妳真愛說笑，我們要找的可是魔女喔。」

蹲下身子的我用食指戳了戳半腐朽的籬笆。觸感相當濕潤，稍微一碰就微微向後傾，連帶令泥土混合天然肥料的味道迅速揚起。

急忙用袖口掩住口鼻的草莓牛奶後退了兩步，蹙眉說：「不管怎麼看都是你搞錯了，這種破爛地方怎麼可能住人。」

「嗯，有道理……那麼就進去看看吧。」

「等等！那麼就個頭啦！你的行為是非法入侵民宅耶！」

「想要自殺的人為什麼要擔心這點？」

我微笑反問。聞言，草莓牛奶的俏麗臉蛋一僵，不落人後地超前我跨過籬笆。激將法的效果拔群。

穿過庭院時受到踩踏的影響，數以百計的小蟲子狂亂地飛起、跳起。草莓牛奶的臉色繃得更難看了，加快前進速度。老實講沒有預料會有這麼多蟲的我頓時萌生退意，不過剛才如此大放厥詞，現在忽然反悔也太沒有男子氣概了，只能硬著頭皮繼續開道。

姑且通過群蟲亂舞的庭院，我從玻璃缺口伸入手臂打開窗戶的鎖，翻進去後才快步繞到玄關替草莓牛奶開門。

臭著臉的草莓牛奶謹慎踏入屋內，環顧片刻後翹腳坐在客廳唯一一張椅子。

對著她擺明不會幫忙的態度露出苦笑，我逕自展開探索。

房子是三層樓建築，不過通往二樓的樓梯被一個大書架擋住，基本上的活動範圍只有一樓。客廳、廚房、浴室和一間客房模樣的房間，總共四間房間。

淺黃色牆壁的油漆剝落大半，可以明顯看出時光留下的痕跡。

「哪裡會有魔女留下的小道具呢！」

「我覺得你除了垃圾之外都找不到就是了。」

「放心啦，既然曾經有魔女在這裡住過，總該有乾燥蜥蜴屍體或蝙蝠爪子之類的東西。」
「為什麼已經將有魔女住過當成前提了？況且你對於魔女的印象也太偏頗了，會有那種東西才奇怪。」

草莓牛奶真是現實。

總覺得這樣會錯失生命中許多美好事物。人呀，必須持有希望和夢想才有活著的感覺喔！大哥哥我可是在前幾天才發現這個真理，不過若是將這番話據實以告，草莓牛奶大概會露出看待垃圾的鄙視眼神，然後扭頭走人吧？

一想到此，我只好將話語嚥回喉嚨，繼續在布滿灰塵的家具之間逡巡游走，尋找一絲絲可能與魔女扯上關係的線索。

✣

「——好熱、好累、好蠢、腳好痠、被蟲子咬得好癢、好渴、汗好噁心、衣服好黏、好想洗澡、好熱、好浪費時間、好蠢。」

在紫紅色的夕陽照映中，草莓牛奶的抱怨無法遏止。

好熱和好蠢分別說了兩次，看來是很重要的抱怨。

平安結束一無所獲的廢墟探險之後盛夏的毒辣日照也漸趨緩和，繞道去便利商店購物完畢的我們轉移陣地前往公園，各自捧著冰冰涼涼的飲料，坐在長椅兩端小歇片刻。

順帶一提，草莓牛奶買了碳酸氣泡水，我買了奶茶。

明明將網名取為「草莓牛奶」卻不買草莓牛奶甚至不是果汁系這點讓我相當在意，然而考慮到她瀕臨發飆邊緣的情緒，只好將這個疑問深埋於心。

「總覺得浪費了整整一個下午的時間。」

草莓牛奶再次抱怨。

「會嗎？我倒是覺得很久沒有過得這麼充實了。」

「不過就是在街道亂走而已，不然你平常的星期六午後都在幹嘛？」

「基本上醒來的時候就將近中午了，先去吃早餐兼午餐，然後上網，登錄遊戲領取每日獎勵，隨便消磨一下時間就差不多可以思考晚餐該吃什麼了。」

「……」

草莓牛奶難以置信地瞪大雙眼，我可以直接讀出「你未免也太墮落了」的內容。驕傲承受高中少女的注視，我緩緩搖動裝著奶茶的寶特瓶。琥珀色液體蕩呀蕩的。

「喂，你說過自己有夢想對吧？是什麼？」

「不好意思，我堅信夢想只要說出來就不會實現的理論，只有這個問題無可奉告。等到找到商店的那天，妳就會知道了。」

「稀罕。」

草莓牛奶用腳跟踹了我的小腿一下。

很痛，不過我撐面子地忍住了。

於是第一日的成果報告：尋找魔女的事情以毫無收穫告終。

雖然不確定自己還剩下多少日子，不過很顯然沒有多餘的時間可以浪費，從明天開始要更加努力！積極樂觀地如此思考，我靠著椅背，悠哉眺望隱沒在遠處山脈的橘紅落日。

✣

「——你最近是不是遇見什麼好事了？」

我猛然回神，正好看見對面的友人Ａ露出滿臉壞笑。

罹患疾病；被醫生宣告生命僅存三個月；尋找魔女的事情毫無成果；每天被高中少女痛罵，不需要仔細思考就知道根本沒有什麼好事，不過表面上，我依然擺出客套用的標準微笑，顧左右而言他。

我沒有將自己的病情告訴草莓牛奶以外的人。

前女友、家人或朋友，誰都沒說。

大腦尚未對這個舉動做出詳細解釋，大概，我想是自己下意識不想被同情吧？「看呀，他就是那個患病的人」、「真可憐啊，還這麼年輕」、「為什麼會發生這種事情？」、「真希望他加油！」、「聽說不久後就要死了」頻率高低各異的竊竊私語從耳畔浮現，就像被消毒水灌入耳朵，啵啵啵啵地一路蔓延到身體內部。

倘若如此，我在死於疾病之前或許會先受不了閒言雜語而將耳朵刺聾。

那樣就困擾了，畢竟睡前聆聽 Kevin Kern 的鋼琴演奏光碟可是最近唯一能夠放鬆的時刻，因此我裝得一如往常。除了翹課次數變多了，打工直接曠職，偶爾會在半夜被眼淚驚醒之外，一如往常。

吃完學校餐廳的便宜自助餐，我和友人 A 一邊閒扯無關緊要的瑣事一邊走向校門。由於友人 A 騎機車通學的緣故，我們在停車場分別。

重新拉緊快要滑下肩膀的背包，我頂著炎炎夏日走向公車站牌。

今天由於草莓牛奶有私事無法前來，因此我沒有打算到熟悉的公園長椅發呆，而是決定久違地前往書店。

雖然我自認為不是喜歡讀書的類型，但是很喜歡書店的氣氛。

乾淨、明亮且安靜的氣氛。

這個時候公車來了。取出卡片嗶卡上車，我將唯一的空位禮讓給身後提著菜籃的阿姨，抓緊扶手搖搖晃晃地開始前進。

透過玻璃看出去的風景帶著一層模糊的朦朧。

打從成為大學生之後，我總是搭乘這班公車，然而不久前第一次和草莓牛奶去尋找魔女住所的時候才首次搭乘反方向的車次，前往城鎮的另一邊。明明相距不到數公里，卻總覺得來到截然相異的城市，連空氣都飄蕩著不同味道。

那裡有一座橫跨河流的陸橋，橋旁有一間頗為老舊的義大利麵館。在這個追求本地風味和嶄新裝潢的時代居然敢用看起來像是熱炒店的裝潢強硬改裝成義大利麵館，令人不禁想要讚嘆老闆的膽識。讚嘆歸讚嘆，店內卻空無一人，門可羅雀，現實果然相當殘酷。

那時我提議進去用餐也被草莓牛奶無視了。

讓身體跟著公車頻率左右晃動，我沉浸於思考那天的各種細節。

回過神來已經錯過書店那一站。

雖然感到些許可惜，不過懶得下車折返的我繼續向宿舍筆直前進。

夜色逐漸瀰漫。

抵達宿舍的時候，我習慣性地閉氣走過充斥異味的走廊，推開房門時卻被反撞了一下。門板似乎卡到某個物品，我只好側身擠入房內。地板不知不覺堆滿了空寶特瓶和便利商店的空便當盒，裝著各種雜物的塑膠袋堆在角落。

在外面世界強顏歡笑的面具悄然剝落，掉入腳邊的無數垃圾中不見蹤影。

煩躁踢開塞在門邊的竹筷，我靠著牆壁頹然坐下，深深地吸氣、吸氣、再吸氣，就像要將溽暑的溫度全部吸進肺部般的吸氣，直到最後受不了了才一口氣將空氣吐出來。

明明身體應該沒有任何不適，我卻覺得胸口好痛。

這個位置是心臟？胃？還是肝臟？單手抓住襯衫，捏緊肌肉，嘗試用痛覺蓋過痛覺。這個方法意外有效。

放在口袋的手機發出震動，女友再次傳來訊息。不，應該稱呼前女友比較恰當。雖然我單方面提出分手又避而不見，不過我們之間的關係早已結束了。在我拿到醫院的檢查報告那天，又或者在進行檢查那天就結束了。

接著我猛然驚覺到在前女友傳訊息來之前，我完全沒有想到她的事情。

草莓牛奶身穿制服的畫面倒是不時就會浮現，就像光影烙印。

關掉手機，我將視線放到遠處。

這個房間是我從大一搬出學校宿舍之後住了兩年的小窩。儘管如此，我卻對這裡毫無眷戀，這種疏離感又是為什麼呢？

窗外傳來若有似無的引擎聲。

宿舍位於市郊，沿著蜿蜒山路可以抵達一個鮮有人煙的登山步道。每到夜晚則會成為超跑車主的賽道，時常可見低底敞篷的鮮豔跑車從宿舍大門的雙線道馬路呼嘯而過。

「——吶，我還有多久會死？我還能夠活多久？」

自言自語沒有得到回答。

我對著天花板張開右手，握緊，然後再度張開。

太好了，我能夠控制自己的身體，這表示我依然「活著」對吧？

曾幾何時，我竟然覺得「明天」這個字眼相當耀眼。

如果世界上真的有神，那麼祂選擇聽取祈禱的基準究竟是什麼呢？

忠貞的信仰心？未曾做過壞事的善人？純真無邪的孩童？不管怎麼看，我都屬於不會得到祝福的類型，雖然我也不想死到臨頭才開始求神拜佛，橫豎都要死了，至少想死得有尊嚴些。

「……對吧？」

再次對著天花板自言自語，我翻了個身將臉頰貼在逐漸變溫的地板，不久就沉沉睡去。

吉他

今天似乎是開始放暑假的日子。

會使用「似乎」這個詞彙單純因為我最近與日期脫節得越來越厲害，每次看見月曆總會忍不住想起畫在九月底的紅色叉叉。呼吸變得急促，彷彿不管多麼用力吐息空氣也進不到肺部一樣，手腳發顫、頭暈目眩。由於情況日趨嚴重，我已經將宿舍內所有顯示日期的物品都打包塞到衣櫃深處了。

對於大學生而言，所謂的暑假會比較國、高中生更早來臨。

雖然期末考試姑且有出席，不過完全沒有讀書的下場，寫完名字之後就無事可幹了。現在回想起來肯定考砸了，不過沒必要太過擔心，畢竟我說不定看不見寄到家裡的成績單。

既然草莓牛奶也放暑假了，應該可以陪我整天尋找魔女吧？

這段日子我們幾乎將小鎮每個角落都走過一遍，按照網路消息前往許多可能是商店的位置和靈能量場所，可惜全部撲空。

興奮的小孩子三三兩兩在人行道互相嬉鬧。

放暑假了很開心吧？不過大哥哥早就每天都在放暑假了！

內心不由得想要如此炫耀，我走在街道不會被太陽曬到的那一側，心情逐漸高昂。內心開始哼起Lycoris第一首發表的原創歌曲。數十分鐘前的胸痛與頭暈目眩就像是假的一樣。

最近這種傾向同樣越趨明顯。

待在宿舍的時候總覺得自己正一步步邁向死亡，胸悶、頭痛與暈眩各種不應該出現的症狀接連襲來，即使我捏緊胸口試圖用痛覺轉移痛覺也沒有太大的效果，好幾天都是迷濛等到睡意蓋過痛覺才好不容易睡著。

然而只要踏出宿舍，所有的不適感瞬間不藥而癒。

炫目耀眼的陽光從樹葉枝縫撒落，蟬聲鳥鳴不絕於耳，宛如踏入其他世界。

我開始思索乾脆用打工的存款買頂帳篷露宿公園，然而想到可能會被警察強制驅離還是作罷，僅存的時光可不想浪費在拘留所，不如找間網咖徹夜打個通宵更加實在。

抵達公園老位置的長椅時，意外的，草莓牛奶已經在場了。

她依然穿著學生制服，綁著馬尾。我們的視線對上後，她毫不掩飾地皺臉抱怨：「好慢。」

「抱歉抱歉，因為天氣太好了，話說為什麼妳依然穿著制服？」

「要你管。」

已經熟悉這種說話風格的我聳聳肩，坐在長椅另一端。

天空感覺比剛才更高了，太陽的白逐漸掩蓋過原本的清澈藍色。

「妳開始放暑假了嗎？」

「昨天結業式。」

「太好了呢。」

草莓牛奶沒有回答。

肚子忽然發出咕嚕咕嚕的聲音，飢餓感隨即襲來。我忽然想不起來自己最後一次吃東西是什麼時候……在宿舍因為頭痛得很所以沒吃早餐，昨天晚上似乎也只喝了奶茶，所以正確答案是昨天中午嗎？

人三天沒吃東西也沒關係吧。好餓喔。理智與慾望互相僵持，我單手按著肚腹，忍不住感嘆為什麼人類無法行光合作用。

「——說起來，剛才經過公園門口的時候我看見有人在表演吉他，看起來應該是高中生的女孩子，綁著馬尾，一個人站在公園門口的廣場唱歌。」

「所以……你想表達什麼？」

「總覺得那樣很厲害，可以在人前大聲唱歌什麼的。換成我絕對辦不到。」

「很厲害？應該說蠢死了才對吧，倘若當真以職業為目標就不應該將時間浪費在這種只有老年人會來的公園，應該去年輕人更多的鬧區，製作寫有姓名的宣傳紙板和打賞箱，順便在社群網站開直播。」

有時候真的覺得草莓牛奶的思維很成熟。

單純只是認為那位少女看起很快樂的我不再討論這個話題。

一位慢跑的老爺爺從面前經過。雖然道路寬敞得可供數人並排行走，草莓牛奶依然下意識縮起腳。

風不知不覺停了，熱度似乎因此陡然上升不少。有種時間變慢的感覺，彷彿世界只剩下不會停歇的蟬鳴持續響著。一滴汗水從貼平肌膚的髮尾流下，滑過臉頰然後在衣領暈開。

「說起來，妳想好自殺方法了嗎？」

「……什麼？」

「自殺的方法啊。」

我再次重複。

聲音嗡嗡地在腦中迴響。

「雖然說我姑且是陪同的身分，這方面不好插嘴太多，不過希望最好別太痛苦。記得在論壇看過混合多種藥物可以在睡眠中死去，那種是最理想的，常見的跳樓、上吊或燒炭感覺在死之前都得經過一番折磨，還請儘量避免。」

「咦？啊……當、當然，自殺方式對吧。嗯，我當然有想過。」

哇喔，眼神游移得超級厲害。

沒想到草莓牛奶居然連這點都沒考慮過。她是真心想要自殺嗎？到時候死到臨頭才彼此面面相覷、討論該怎麼自殺未免也太愚蠢了。

「雖然沒有討論過這個話題，不過我認為這方面應該由妳負責。」

「我、我知道啦！」

草莓牛奶脹紅著臉回嘴，不曉得為什麼伸手打我一下，颯地起身。

「別閒聊了，今天也要尋找魔女吧？」

「理論上是要啦，不過總覺得今天很懶……」

草莓牛奶的視線溫度驟降，微微開張嘴凝視我好幾秒才頹然坐回長椅，低聲嘟囔：「搞什麼啊。」

經過這些日子的相處，我對於草莓牛奶也有一些瞭解。

她是個喜歡貓咪的少女，卻礙於旁人眼光不會在大街發出貓叫或是蹲下身子逗弄野貓。喜歡礦泉水勝過茶類飲料。是右撇子。臉頰接近脖子的位置有一顆痣。綁馬尾的理由單純因為簡單又節省時間。視力很好。平時並非心情不少，只是眼神看起來比較凶惡而已。國文很好英文卻很爛。現在是高中二年級，就讀於縣內知名的升學學校。沒有兄弟姊妹。總是走路行動，鮮少搭乘大眾交通工具。不喜歡吃香菜。B型。

雖然我在內心將這些日子逐漸累積、對於草莓牛奶的瞭解列成文字，卻有種只是透過履歷表看著「草莓牛奶」這個人的感覺，並未實際碰觸到她的內心。

我不曉得她自殺的理由。

不曉得她的過往。

更甚者，我連她的真實姓名也不曉得。

反之，草莓牛奶似乎也對我的個人資料不感興趣。畢竟在高中生眼中，大學生和已經出社會的大叔相差無幾吧？我不禁想起自己高一時有位女同學交了大學生的男友令女同學們興奮不已的事情。現在想來，真不明白興奮的理由何在。

暑氣翻騰，越過蹺蹺板可以瞧見柏油路面的扭曲幻影。

夏天似乎變成了固體，只要伸手就可以碰觸到熱度。

在我胡思亂想的時候，草莓牛奶沒有離開也沒有催促，先是取出沒有保護殼的手機敲打數分鐘，接著將雙手手肘撐住膝蓋，托腮發呆。她似乎相當熟練如何一個人打發時間了。

良久，當我開始覺得身體內的水分快流失殆盡時，草莓牛奶開口了。

「肚子餓了。」

「那麼我們去吃飯吧。」

談話結束。

草莓牛奶就像忽然被灌飽氣的氣球，活力十足地彈起。

我撐著長椅扶手緩緩起身。

並肩離開公園的時候，那名少女依然在彈奏吉他，忘我地對著空曠的小廣場、蟬鳴和來往車輛高聲歌唱。

單薄、稚嫩的嗓音融入逐漸遙不可及的天空，和夏天融為一體。

時間接近正午，即使什麼都不做也會汗如雨下，遑論彈著吉他又唱又跳。

儘管胸口印著大愛心圖案的酒紅色T 恤濕得宛如剛從泳池爬起，少女依舊頂著濕淋淋的瀏海，露出笑容昂首高歌。

草莓牛奶連瞥上一眼也沒有，繃著臉逕自邁出腳步。

雖然想要對那名少女表示「加油！」的心情，然而一來沒看見打賞箱，二來也沒有前去搭話的空檔，我只好學著草莓牛奶，迴避視線離開公園。

身後的歌聲逐漸變輕變遠。

在快要聽不見的時候，草莓牛奶偏頭說：「對了，這次麻煩你請客。」

「咦？上次和上上次也是我請客吧，這次ＡＡ制啦。」

「真小氣。要死的人何必那麼在意金錢，生不帶來、死不帶去耶。」

「這話妳講給自己聽吧！」

互相拌嘴的我們兩人離開公園，徒步前往開設著許多餐館的熱鬧街區。

「午餐要吃什麼？」「隨便。」

途中，這樣的對話也重複過數次，最後在草莓牛奶的堅持下只好用最原始的方式猜拳決定，然而在猜拳這件事情我或許先天被草莓牛奶剋到，即使在宿舍努力研究試圖提高勝率依然只有三十五之一的勝率。換句話說，每次都必須由我決定餐廳。

只要選得餐廳太過差勁就會被狠狠瞪視，可謂相當嚴峻的任務。

最近這段日子，我們吃過炒飯、日式料理、義大利麵店、鐵板燒和咖哩，然而草莓牛奶始終面無表情地解決料理，雖然不挑食這點是優點，然而也令我不禁在心底偷偷進行「草莓牛奶究竟喜歡哪種料理」的小遊戲。

事前在宿舍用電腦搜尋小鎮的相關食記，從中挑選看起來會受到女高中生歡迎的餐廳，然後在輸掉猜拳之後帶著草莓牛奶前往用餐。

今天的目標是一間開在偏僻巷弄內的咖啡店。面對街道的整片落地窗是個特點，室內採用深褐色的木材色調，占據整面牆壁的大型書架不僅擺滿雜誌小說，也擺著不少音樂盒、黃銅燈泡、木雕和鎖匙等小型物品，相當適合拍照。只要打上店名就可以搜尋到大量自拍照片。

餐點方面則是以漢堡最為暢銷，這個也是尚未嘗試過的料理，說不定能夠合草莓牛奶的胃口。

然而當我們抵達咖啡店門口的時候草莓牛奶忽然閃到我身後，幾乎要扯掉皮膚的力道揪緊衣襬。

「怎麼了？」

「……選別間。」

「為什麼？」

我疑惑看向店內。客人大多都是成雙成對的情侶，角落有一桌明顯是女高中生的客人，六人擺出各種姿勢湊著剛上桌的蜜糖土司不停拍照。

我瞭然地轉頭詢問。

「同學嗎？」

「囉嗦！」

草莓牛奶忍無可忍地低罵，扭頭就走。

謀劃許久的行程遭到意料之外的阻礙，我不得不隨機應變，帶著草莓牛奶前往大學附近一間經常來報到的便當店。老闆娘雖然老是臭著臉不過是個好人，偶爾當店裡的客人較少時會多給我一樣菜色，讓我因此成為常客。

我和草莓牛奶並肩站在玻璃櫃面前挑選主菜和三樣配菜。

我的主菜老樣子都是宮保雞丁，草莓牛奶蹙眉盯著牆面手寫的菜單許久才決定要點糖醋魚，接著我們各自端著塑膠拖盤走到座位區。

用餐途中，草莓牛奶的情緒始終相當暴躁，雖然沒有到直接走人的地步卻也讓試圖開口搭話的我碰了好幾次軟釘子。

默默咬著花生仁，我開始思索為何她剛才會出現那種反應。

覺得和我這種不修邊幅的大學生共同行動很丟臉？和那群女生不對盤、甚至遭到排擠？或者有某個被我漏掉的關鍵？

前兩者的可能性相當高。雖然感到羞恥，不過我認為極有可能是第一點。

最初數次見面的時候我還會禮貌性地注重衣裝，然而不管穿什麼都只會收到鄙視的白眼，久而久之也麻痺了。今天是黃色運動排汗T 恤搭配素色牛仔褲，的確不是能夠上得了檯面的服裝。

雖然溼掉的襯衫黏在背部的感覺很噁心，不過明天見面的時候還是穿著襯衫吧。我在心中暗自決定。

✣

雖然是無關緊要的後話。

那天依然是我請客。

第二章

那些視而不見的重要之物

彼岸花

——Lycoris的吉他手自殺了。

草莓牛奶傳訊息的時間是凌晨四點，以大學生而言正好是剛進入深度睡眠的時間帶，因此睡眼惺忪的我瞪著螢幕許久好不容易才理解這句話的意思，急忙點開下方附的網址。

等待頁面跳轉的時間異常緩慢。冷氣機嗡嗡作響。數十秒、甚至可能超過了一分鐘，藍光總算再次閃爍。

那是一則關於自殺的報導。充滿制式化的敘述和毫無責任感的推測，在文章末段以輕描淡寫地筆觸寫著死者在一個名為Lycoris的樂團擔任吉他手。反覆將文章看了三次，最後我將視線定格在Lycoris的團名，思考湊巧撞名的可能性。

這個消息來得太過突然，無法輕易接受。

在一片漆黑的房間內，我凝視著那串英文字母，忽然覺得喉嚨乾啞得難受。

摸黑下床的我用腳推開空寶特瓶和書包，隱約看見電腦桌放著一瓶飲料。昨天買的嗎？尚未清醒的大腦無法清晰回想昨天的事情，總之先旋開瓶蓋大口喝下飲料。甜膩的液體滑過喉嚨，反而令內壁產生很想搔抓的麻癢感。

咳嗽幾聲，我一手抓著飲料一手握著手機，再次坐回床沿。在搜尋引擎打出熟悉的英文字母。Lycoris的官方網站沒有任何更新消息。於是久違的，我再次登入Lycoris的論壇。

論壇以分鐘為單位新增討論主題，登錄人數也破了紀錄，來到前所未有的三千六百九十七人。記得以前一天能夠有五百人就算很熱鬧了。況且，現在可是凌晨四點耶。

世界上有這麼多Lycoris的樂迷嗎？又或者，他們只是看見新聞後才開始關注Lycoris的跟風粉絲？雖然無論正確答案是哪個，其實都無所謂。

愣愣看著不停跳動的每日訪客人數。三千七百人。三千七百零一人。三千七百零二人，直到三千七百五十六人的時候，我才猛然意識到這個人數正是Lycoris吉他手的存在證明。

即使死了，世界上依然有如此數量的人記得她。

她所彈奏的弦音曾經撼動過這些人的內心，鼓舞他們、幫助他們度過生命中的低潮，在他們的生命中留下痕跡，即使已經死亡的現在，她和她的弦音依然會在Lycoris自費出版的ＣＤ和粉絲的內心持續迴蕩。

「……真羡慕。」

心聲不由得從嘴角流瀉。

出於自己也尚未明瞭的情緒，我咬緊牙關將手機扔到枕頭，數秒後才驚覺自己正在忌妒一個自殺的人。忌妒一個已經死掉的人。

雖然是很愚蠢的想法，然而我無法克制地對Lycoris的吉他手感到羨慕。

真好呀，即使死了依然有人記得自己。

如果能夠做到那種事情，應該死而無憾了。或許他就是因為明白了這點才自殺的也說不定？凌晨四點的空氣令腦袋昏昏沉沉的，總覺得這個推論雖然很合理卻有某個關鍵顯得奇怪，然而歪頭瞪著照亮天花板的螢幕藍光許久依然找不到究竟是哪裡不對勁。

✣

打從得知那個消息後，我和草莓牛奶不再見面。

尋找魔女的事情當然也無限期順延了。

我隨時都泡在Lycoris的論壇、粉絲專頁和官方網站，在循環播放著Lycoris原創歌曲的房間內，搜尋所有能夠找到關於Lycoris的新聞，睜大乾澀的眼睛一條一條瀏覽每位網友的評論。

我不曉得這麼做有什麼意義，但是卻無法停止。

每次登錄論壇時總可以見到「草莓牛奶」的帳號也亮著表示上線中的綠燈。

或許她也正在重複和我相同的舉動吧？

對於我而言，葬禮的記憶只有揮之不去的誦經聲，畢竟這輩子唯一參加過的葬禮是幼稚園的時候。再者，所謂死亡即是在柏油路看見被輪胎碾死的蟾蜍、啪地隨手打死的蚊子以及液晶螢幕中獅子獵殺羚羊的紀錄片，諸如此類的事情。

無可否認，Lycoris吉他手的死亡是我人生中最接近死亡的時刻。

那位留著剃掉單邊的紫色短髮，總是使用鮮紅色撥片，在舞台上忘情彈奏的吉他手死了。變成冷冰冰的屍體。今後再也見不到她了。也聽不見她的聲音了。永遠無法看見她露出苦笑纏著聽完演唱會的觀眾推銷自製CD的畫面了。

即使在網路被惡意抨擊，即使自殺的原因被揣測曲解成團員間的男女糾紛、債務因素和憂鬱症，她也永遠不會知道。

原來死亡就是這麼回事。

原來我和草莓牛奶即將要做的就是這樣的事情。

耳機傳來震耳欲聾的嘹亮歌聲，我瞇起眼遮蔽視覺，將全身神經都集中到聽力，想要聽見歌聲和鼓聲之間的吉他聲響。

或許這個時候我才首次對於「自殺」有所實感。

朦朧之間，我似乎從那些永無止盡的回應當中看見雙親的臉孔，朋友的臉孔、同學的臉孔以及前女友的臉孔。在我自殺之後，他們也會哭泣、也會生氣、也會如此熱烈地討論我的事情嗎？

思緒總是停在這個問題，無法繼續推進。

接著我發現論壇最新發布的一則訊息寫著始終沉寂的官方總算發表新消息，四天後即將舉辦Lycoris的最後一場告別演唱會。缺乏吉他手的演唱會。

幾乎在看完內容的下一秒，我就收到草莓牛奶傳來的私人訊息。

將畫面切換到私訊頁面，顯示在正中央的對話框只有一句話——「你會參加吧？」

「當然。」

我邊說邊打出回答。

草莓牛奶隨即回覆一個豎起大拇指的怪異貼圖。

我凝視那隻齜牙咧嘴、彷彿要將所有人都一口吞下的圓滾滾鯊魚好幾秒才將滑鼠移到底下工具列，直接關閉整個對話框。

✥

按照往例，演唱會開始售票的三天內大致都可以買到票，偶爾還會發生票沒賣完，到場之後發現團員們親自站在街道兜售的情況，然而這次不曉得經過媒體與網路的何種炒作，演唱會的門票在開賣的十分鐘內直接告罄。

總算是我靠著論壇元老級會員的人脈，從同樣資深的另一位粉絲手中買到兩張票，勉強取得參與這場Lycoris最後演唱會的資格。

按照論壇的共識，本次得著黑服進場，同時配戴一樣代表Lycoris顏色的鮮紅色飾品。

當天，渾身漆黑的我戴著一個特地去買的鮮紅手錶。

不習慣手錶的我總覺得自己像是被上銬的犯人。轉動手腕都會碰觸到和體溫相同溫度的金屬，令人厭惡，不禁後悔當初應該買不會碰觸到皮膚的飾品。

我和草莓牛奶相約在Live House的一樓會合。

現場早已聚集許多Lycoris的聽眾。大家都遵照默契，渾身漆黑只配戴一件顯眼的鮮紅色物品。鮮紅色的領帶、鮮紅色的鏡框、鮮紅色的戒指、鮮紅色的運動鞋、鮮紅色的護腕、鮮紅色的指甲彩繪、鮮紅色的後背包、鮮紅色的幸運手環、鮮紅色的手機殼，甚至有人拿著一株鮮紅色的彼岸花。真是下足了苦心，我可從沒在花店中見過彼岸花呢。

「——喲，這次總算沒遲到了。」

草莓牛奶側身穿過兩位低聲交談的國中女孩走到我面前，低頭瞥了眼鮮紅色手錶，不予置評。

草莓牛奶穿著純黑色T恤和漆黑薄運動褲，綁著馬尾的髮束也是黑色的，而頭頂眼熟的鴨舌帽別著一枚大大的、彼岸花圖案的鮮紅胸針。那是某場Lycoris演唱會的限定周邊。限量三十枚，在狂熱粉絲眼中很有價值。

我也曾經想過戴著那枚胸針，不過總有預感草莓牛奶也會這麼做。同行的兩人戴著同套飾品總覺得有些害臊，在最後關頭斷然放棄的我只好順路在鐘錶行買下便宜的電子錶。

「你有買喝的嗎？」

詢問後，草莓牛奶直接抓走我手上的奶茶開始灌。雖然我不介意，但是至少等我回答完再拿吧。

這個時候身穿藍色T恤的工作人員將擋在地下室階梯的招牌移開。

人群開始朝向階梯移動。

Lycoris的演唱會向來都在這間Live House舉行。一樓是美髮沙龍，以上的樓層好像是普通公寓。通往地下室的階梯兩側牆壁貼滿往年曾經在這裡舉辦過演唱會的樂團海報。或許是某種默契，所有樂團都沒有撕下舊海報，而是直接將自己的海報和宣傳單貼上去，層層覆蓋。

在歲月的流逝下，不少底層的海報都已碳化。伸手觸摸就可以聽見沙沙的剝落聲響。

草莓牛奶似乎覺得我的舉動很幼稚，不耐煩瞅了我一眼就逕自走下樓梯。地下室的天花板充滿各種鋼筋和管線。淡淡的煙味飄蕩在空氣當中。這裡只是等候進入表演場地的小房間，一張掛在厚重隔音門門把的厚紙板寫著Lycoris的樂團名和「1930入場」的潦草字跡。

靠著牆壁等待片刻，我們總算得以入場。

熟悉的場地、熟悉的樂團甚至有不少聽眾也都是熟悉的臉孔，儘管如此，我卻覺得自己來到一個不曾踏足的陌生場所。綁在各處的漆黑蕾絲緞帶在強力冷氣的吹拂下啪搭、啪搭地拍動。

強顏歡笑的主唱走上舞台，在零落的掌聲中說起開場白。

老實講，我幾乎沒有認真去聽這場演唱會。

少了一人的Lycoris已經不是Lycoris了。

事前隱約察覺到的事實此刻確實得到驗證。擁有這個想法的人似乎不只有我，許多聽眾也都露出緬懷過往回憶的神情，並未專心聆聽只有貝斯、爵士鼓和主唱歌聲的樂曲。

猛然回過神來，三小時的演唱會已經結束了。

似乎有人哭了，不過大部分的聽眾都只是面無表情地繃著臉，沒有人高喊「安可」。鼓掌結束之後，Lycoris的三名團員面無表情地扛著樂器退回後台，聽眾也依序朝向出口移動。

瞥了眼身旁三個小時始終挺直脊背，專注聆聽的草莓牛奶。我假裝沒有看見臉頰反光的淚痕和捏著死緊的拳頭，拍了拍她的肩膀示意等會兒再出去。

幾乎沒有人講話的現場氣氛宛如喪禮之後。

不久後聽眾總算走了大半。草莓牛奶垂著頭轉身，我亦步亦趨地跟在身後。

經過階梯時，我忍不住再次碰觸退色的舊海報。沙沙沙的。

「太好了呢。」

耳尖的草莓牛奶聽見我的喃喃自語，倏然轉頭。

通道晦暗不明，使我看不清楚她此刻的表情。

「什麼……太好了？」

「嗯？因為現在的我們又少了一個留戀，多了一個可以死的理由。」

——啪。

痛覺拉著臉頰向右偏，半秒後我才驚覺自己被甩了巴掌。

站在上一層階梯的草莓牛奶咬緊嘴脣，居高臨下地用含淚的眼眸狠狠瞪著我。

「為什麼要打我？」

摀住臉頰的我姑且詢問理由，然而草莓牛奶沒有回答。

後面傳來窸窣聲響，大抵是「別擋路」、「快前進」之類的低聲抱怨。我拉住草莓牛奶的手腕想要先離開階梯再說，然而她用力甩開，力道之大令我懷疑纖細的手腕是否會因此折斷。

「為什麼你要說這種話？」

沒有預料到她會用疑問回以疑問，我微微皺眉，不曉得怎麼回答。

我剛才有那哪裡說的不對嗎？

「……一副真心不明白的表情，你就是這點特別惹人厭。」

草莓牛奶扔下這句話，低頭擠開前面的人大步跑遠。

一瞬間湧現追上去的衝動，但是看著她的背影，最後我還是選擇向其他聽眾頷首致歉，然後繼續默默爬上階梯。抬起膝蓋，放下腳底，踩穩身子，繼續抬起另一腳的膝蓋。毫無由來的，重複相同動作的我看著止滑條已經脫落大半的石製階梯，注意到那個沉澱在內心許久的疑惑再次浮上心頭。

——究竟，草莓牛奶為什麼要自殺呢？

戀心

她是一位配我太過可惜的女孩。

若要提起她外表最顯著的特徵，我想大概是大笑的時候，露出的牙齦和左邊酒窩特別明顯這點吧？

第一次見到她的時候，我只是個剛結束聯考的大學新生。

被琳瑯滿目的社團迎新活動弄得頭昏眼花，最後在抱持著過度期待和亢奮感的情況下決定每個時間能夠配合的迎新活動都去參加。話雖如此，大概到第四個社團就彈性疲乏了。

基本流程就是聽學長姊們閒聊，大一新生們坐成一團吃著披薩、鹹酥雞和各種零食餅乾，自我介紹，中途玩幾個常見的團康遊戲，最後留下聯絡資料，隨即和鄰座的新生們用客套且疏遠的態度離開，一起走去校門口的公車站牌。

籃球社、書法社、動漫社、跆拳道社、詩社、桌游社、熱舞社，社團的數量令人眼花撩亂，有認真進行練習以取得成績為目標的社團也有看起來只是為了打發大學生活的空閒時間而成立的社團，儘管如此，我卻有種一成不變的感覺。

一成不變。

第一次意識到這個詞彙是在某次迎新回宿舍的公車座位。明明夜深了天色卻呈現深紫色而非漆黑，這點令我印象深刻。夜空完全看不見星星。照得眼睛刺痛的亮晃晃前燈拖曳出狹長軌跡之後就迅速伴隨著引擎聲反向遠離。

總覺得情況和當初自己想像的大學生活有所差異。

乾脆別參加社團了，將多出來的時間用來打工吧。這麼打算的我卻因為不曉得該從哪裡下手尋找打工，再加上沒有課的時間太過無聊，依舊繼續參加不同社團的迎新活動。

接著我遇見了女孩。

在冷氣嗡嗡作響、稍微寒冷的地下室內，她在角落用雙手捧著紙杯、凜然挺直的坐姿令我深深受到吸引。

那瞬間我理解到「啊，原來世界上真的有一見鍾情這回事」。

雖然曾經在某本書上看過所謂的一見鍾情最後都會慘澹收場，因為愛情需要的是「尋找雙方的共同點」，而一見鍾情反而會變成「發現雙方的差異」，不過我願意以實際的行動證明一見鍾情也有天長地久的可能。

於是我在離開前向負責收集新生聯絡方式的學長說要加入這個社團。

其後，我得知女孩的名字是「田婉妤」。

法律系高一個年級的學姊。

個性開朗大方、喜怒分明且堅強有主見。

喜歡運動，尤其擅長有拿球拍的類型。

擔任硬式網球社的副社長。

喜歡聽拉開比賽球拉環的聲音，所以在比賽時總是自願擔任裁判。

最喜歡的顏色是翡翠綠。

曾經學過鋼琴，不過現在唯一可以不看樂譜彈出來的曲子只有「踩到貓了」。

星期五的晚餐固定是咖哩。

不挑食，然而唯獨只有茄子無論如何也吞不下口。

南部老家養著一隻叫做「姆姆」的約克夏犬。

雙親都是公務員。

很珍惜回憶很念舊，即使國中畢業雙親送的手錶已經不再轉動，她依然每天將之戴在左手手腕。

伴隨著相處的時間增加，這些瑣碎的事情一點一滴地在內心堆砌出晶瑩華美的小塔，等到我驀然回神，這些由砂糖、陽光、水晶、笑容與憧憬等各式美好素材所構築的小塔已經成為內心不可動搖的重要支柱。

這是我第一次如此強烈地對他人產生愛意。

經過數個月堪稱死纏爛打的追求，田婉妤和我開始交往。那天夜裡多次懷疑自己正在作夢、告白成功只是妄想而久久無法成眠的事情仍舊歷歷在目。

倘若說我的世界以女孩為中心運轉也不為過。

我們相當珍惜兩人共處的時間；刻意將打工的假排在同一天四處約會；約定只要某一方道歉，無論先前發生什麼事情另一方都得認真傾聽；無論打工或課業忙到多晚，每天睡前都一定要打電話親口說晚安；生日的時候不準備蛋糕，而是必須給壽星一個大大的擁抱。

我們攜手度過無數甜蜜、璀璨且美好的日子，許諾會陪伴彼此直到未來，然而現在卻分手了，看來那本書說得不無道理……是這樣嗎？

✣

這個應該是我和草莓牛奶第一次吵架。

我客觀地如此評價演唱會的事件。

我和草莓牛奶之間唯一的聯繫手段就是Lycoris的論壇，然而自從告別演唱會的隔天起，Lycoris的官方網站和論壇都呈現閉站狀態，無論怎麼嘗試都無法登錄，遑論傳送訊息給草莓牛奶。

每天到公園的長椅消磨時間卻不再見到學生制服的身影。

即使我想要詢問、想要道歉、想要挽回這段關係，缺乏聯絡手段的現在，一切都無從開始。

數天後，論壇總算再度復活了。網址卻和舊的不相同。

大概是Lycoris的狂熱粉絲重新架設一個徹底模仿之前論壇的新論壇吧？也不曉得他們駭入

之前的伺服器或是用了某種我無法想到的手段，新架設的論壇竟然留有過去數年的文章和討論串。

雖然對話紀錄歸零，不過我馬上用「北極星」和信箱註冊帳號，隨即搜尋名為「草莓牛奶」的使用者。相當幸運的，我找到了，雖然是新用戶的默認大頭貼，不過我立即明白螢幕另一側的人肯定是那位綁馬尾、老愛瞪著鳳眼的草莓牛奶。

傳送的好友申請很快就通過了。

基於某種奇妙的安全感，我雙腳踩著椅子，將下顎擱在膝蓋凝視螢幕。

第一封訊息必須由我起頭。

沒有根據，但是我明白這一點。

就像個國中生想要約暗戀的女孩子假日出去玩一樣緊張，我雙手十指都放在鍵盤上，卻遲遲打不出適合的開頭。「嗨囉」感覺太過輕浮，而「妳好」卻又過於疏遠，什麼招呼語都不打直接進入正題也令人覺得我有敷衍了事的嫌疑。

早知道會在這件事情花費這麼多的時間，剛才就等到內文打好後再傳送好友邀請了。

由於最近都沒有打掃宿舍，某種潮濕、沉重的不明氣味在狹窄的室內徘徊不散，更是令思緒變得遲鈍。

用力站起身子，我跨步走到窗邊粗魯地將窗戶連同紗窗一齊拉開。懸浮的塵埃粒子激烈晃動，卻和想像中能夠將瀏海往後吹的狂風不同，只有徐徐微風吹入房內。

「說起來，我這間的位置正好背風啊……」

垂頭喪氣地拉上紗窗，我踱步走回電腦桌。

瞪著空白的對話框沉默許久，我才用食指一字一字地打出內容。

「我不曉得妳為何發怒，所以不會道歉。」

幾乎在同一秒，對話左下端立即顯示已讀。

「我想也是。你是個沒神經又笨又蠢又路癡的傢伙，這點在第一天見面的時候就知道了。有所期待是我的錯。」

明明只有文字，草莓牛奶翻著白眼的無奈臉龐卻彷彿清晰浮現眼前。

「如果妳因此感到不愉快，之後我會收斂這種態度。」

「……算了，這次我也稍微反應過度了，不如說，如果之後見面你都保持相敬如賓的態度才真的教人噁心。」

雖然這些話是草莓牛奶親自打出來的，然而我卻怎麼也無法想像她在面前親口說出這些話的情景。

網路真的是一個神奇的場所。

平常過於害臊、難以為情而無法說出口的內容，只要化作文字，可以用手指輕巧地敲擊鍵盤告訴對方。

我重重吐出積蓄在胸口的空氣。肩膀似乎輕鬆不少。

「瞭解。那麼我會保持和以前一樣的態度。」

「雖然那樣同樣挺噁心的就是了。」

「等等！妳究竟是怎樣看我的！」

「畢業後會直接成為無業遊民、造成家庭和社會困擾的米蟲大學生？」

「……」

草莓牛奶如此速答真的有些傷人。

「那麼如果沒有其他事情要討論，我先下陷了。有事要忙。」

「好唷，努力往地心前進吧。」

「不要挑人家的錯字啦！混蛋！」

草莓牛奶回覆一個圓滾滾鯊魚咬牙切齒的貼圖，帳號旁邊的綠色標誌頓時轉紅。

✣

星期五。

午後三時的天空晴朗無雲，街景被艷陽照得異常鮮豔，似乎連空氣本身都在反射光線。

儘管沒有依據，待在這樣的場所總是忍不住湧現積極向前的情緒，然而身旁的草莓牛奶卻一副受夠世間萬物的煩躁表情，不停低聲碎唸「好熱、好累、好熱、好累」的重複循環。

「……妳還好吧？」

「完全不好，因為有預感今天又是浪費時間的行程。」

貌似已經累到不想吵架的草莓牛奶悶悶回答。

最近我發現她的外出服裝似乎只有兩套。

學校制服、以及現在穿著的這套刷破牛仔長褲和米白色薄長袖。

高中女生應該很熱衷流行打扮才是。雖然這個只是我個人的偏見，不過草莓牛奶的馬尾總是綁得相當端正，服裝也整潔筆挺，看起來應該是喜歡打扮的類型才對。

「沒有參與搜集的我這麼說或許不太好，但是要找魔女這件事情是你的意見，至少多花點心思尋找可靠情報吧。」

「我挺認真的呀，網路能夠找到關於小鎮魔女共二十七篇的文章都熟讀在心，也根據內文出現的細節進行考證，尋找符合條件的實際場所。前天還跑了一趟圖書館尋找鄉土考證的書籍。」

「文章數量這麼少？」

「畢竟只是這個小鎮的地方傳說，流傳太廣反而很奇怪吧。」

「但是我們目前為止一無所獲耶？範圍小應該很容易找才對吧。」

「努力不一定能夠得到成果。」

「少講那種聽起來很帥氣然而實際沒有任何意義的名言了。」草莓牛奶無奈嘆息：「所以今天要去哪裡？」

「今天的目標是一棟位於郊區的廢棄房屋，據說有不少人在附近目擊到魔女……那麼尋找魔女探險隊！出發囉！」

「我應該說過要你別再大聲吆喝那種難為情的隊名了。」

雙手插著口袋的草莓牛奶訕訕然邁出腳步，然後因為陡然踏出陰影的亮光而瞇起眼睛，伸手到額頭遮擋。

「妳的鴨舌帽呢？」

「不見了。」草莓牛奶低聲說：「我很肯定在家裡某個地方，偏偏就是找不到。」

「常有的事情。」

「會嗎？我可是第一次。」

「大概吧。」

毫無意義的聊天內容以蟬聲、踏在柏油路的步伐和行道樹的陰影為間隔互相來回，不久前，我甚至無法想像能夠和草莓牛奶談論這些話題，這樣是否表示我們之間的關係變得更好了？

這麼想完的瞬間，我的小腿脛骨頓時受到莫大衝擊，痛得不禁跪下。

「痛耶！怎麼了啦！」

「……走錯路了，這邊應該右轉。」

拿著抄有地址小紙條的草莓牛奶冷淡地說。

或許我們的關係有變好只是自己的一廂情願吧？希望下次草莓牛奶在動腳之前能夠先動口。

數十分鐘後，我們抵達一間位於巷弄深處的破舊建築。那棟屋子正好位於盡頭，被三棟同樣破舊卻有七、八樓高的建築物團團包圍，採光相當之差，然而儘管光線昏暗卻也能夠看見玻璃破裂的窗戶、露出磚頭的半倒牆壁和空無一物的內部。門口的位置聊勝於無地拉著黃色塑膠線，同時貼著一張「私人住宅，擅闖者依法送辦」的紙張。

「怎麼辦？直接進去嗎？」

「算了。」

「……但是你上次毫不猶豫地闖入廢屋耶。」

「上次那間的門口可沒有貼著警告標語，被抓到還有狡辯的空間。」

「呿，盡會找藉口。」

說是這麼說，草莓牛奶卻也露出鬆了一口氣的表情。

兩側建築的陰影使得此處涼爽不少，我和草莓牛奶並肩蹲在巷弄的中段位置，將手放在膝蓋上面凝視那棟建築物。

「——喂，北極星。我看到你講的那篇文章了，然而內容根本不是魔女而是女鬼的目擊情報吧！」

「魔女和女鬼都差不多吧？」

「差遠了！」

草莓牛奶惡狠狠地罵，用肩膀撞了我一下。

搖搖晃晃地保持住平衡，我重整姿態，一字不漏地引用在網路找到關於魔女的定義：「聽好了，草莓牛奶，所謂的魔女即是西方文化當中能夠使用魔法、巫術或占星術等超能力的女性通稱。」

「……換句話說？」

「魔女和女鬼的界線相當模糊，不如說，女鬼有很高的機率就是魔女。」

「最好啦……把網路分享關掉吧，我懶得看下去了。」

草莓牛奶悻悻然地嘆息，將手機收回口袋。

我一邊吸著濕潤的空氣一邊仰望狹窄的天空。右腳腳底似乎踩到蘚苔植物，有種擠壓物體使其滲出水份的觸感。

「北極星，你覺得魔法真的可以讓你得到想要的物品嗎？」

「正因為可以才會被稱為魔法吧。」

「這種說法真是狡猾。」

「我的論點無從反駁，坦率認輸吧。」

我發出輕笑。

個性不服輸的草莓牛奶斷然起身，拍了拍牛仔褲，大步走出巷弄。

目前為止都只是和往常一樣的時光。

集合，閒聊，尋找魔女然後一無所獲，之後我們應該會找間餐廳吃飯，填飽因為在豔陽下四處奔波而飢腸轆轆的腹肚然後分手離開，回到宿舍用手機約定下一次的行程。儘管如此，緊接著出現的人卻將這個氣氛一掃而空。

就像埋伏許久似的，那人在擦身而過的時候猛然轉身攔住我們。

她張開雙手，堂堂正正地站在我們面前。看清楚對方臉孔的瞬間，我嚇得腦中一片空白。察覺到不對勁的草莓牛奶疑惑止步。

那人正是我的前女友，田婉妤。

打從單方面用簡訊分手後就避而不見，即使收到她的簡訊也一律刪除，電話設為拒絕接聽的我的前女友。

田婉妤用淩厲的凶狠眼神端詳著草莓牛奶，努力壓抑情緒地質問：「我跟著你一整天了，然而依舊有些事情必須得到你的親口說明才能夠肯定。首先，你在做什麼。」

遲鈍如我也知道現在並非高聲說出「尋找魔女探險隊！」的時機，況且訝異過度的腦袋尚未順利運轉，只能夠吶吶地說：「約、約會？」

此話一出，兩位女性同時惡狠狠地瞪向我。

「抱歉，麻煩稍微裝一下吧。」

我俯身靠在草莓牛奶耳畔這麼請求。儘管一瞬間閃過不悅的神色，她卻宛如置入不同靈魂似的露出驕傲且略帶鄙視的燦爛笑容，右傾身子一把挽住我的手臂，用高八度的嗓音甜膩膩地詢問。

「吶吶吶，她是誰呀？前女友嗎？看起來真老耶。」

不只態度豹變，甚至一出口就是斃命的三連擊。女人真是太恐怖了！

老實講，寒毛直豎的我當場甚至湧現當場下跪道歉的念頭，然而難得草莓牛奶願意配合，我也必須繼續演下去。

「對、對呀，是前女友沒錯。」

儘管聲音不爭氣地抖了一下，幸好我努力揚起的嘴角似乎嘲諷感十足，尚未露出破綻。大概吧。

「所以你甩了我，就為了和這位……高中生在一起？這是犯罪耶。」

田婉妤緩緩地將頭髮撩到耳後，平心靜氣地詢問。

我知道這是即將發怒的前兆，然而在說話之前，草莓牛奶不屑冷哼：「居然在意這種事情，真是好笑。」

「妳說什麼？」

田婉妤的矛頭頓時拐彎。

「妳又算什麼？我們倆甚至相愛到願意一起殉情。」

草莓牛奶極為挑釁地露出燦爛笑顏，用著幾乎要將我擠扁的力量挨近，繼續以高八度的甜膩膩嗓音繼續開口。

「妳有膽子那麼做嗎？為了愛情而犧牲生命？將愛情置於其他一切事物之前？回答不出來的妳又有何立場介入我們之間？」

「那、那種事情肯定是錯的啊。」

「請別將妳個人的價值觀強硬套在我們身上好嗎。」

草莓牛奶毫不退讓。

「話說回來，妳打算待在這邊多久？就算妳不打算承認自己被甩的事實，也請挑其他時間再來大吵大鬧吧，難得的約會都被妳破壞光了，真是惡劣。」

「惡、惡劣……」

愣住的田婉妤別有深意地瞥了一眼，毫不戀棧地轉身離開。

「慢走不送。」

「這、這種時候就別補刀了。」

確認田婉妤的身影消失在街道轉角，草莓牛奶的笑容宛如夏日午後的驟雨迅速滑落，擺回往常的撲克臉。

「搞什麼？你的人際關係問題自己處理好啊。」

「抱歉，突然拜託妳這種事情。下次我會注意別讓這種事情發生。」

基於各種理由，總之我先雙手合十地道歉。

「這是我是第一次看見別人被甩的場面，請問這個時候該說些什麼才好。」

草莓牛奶答非所問，但是我卻鬆了口氣。

我隱約察覺草莓牛奶並沒有因此生氣，縈繞在她身旁的情緒更接近困惑。

「沒想到那種美女竟然會那看上你這種貨色，世道也淪落了。」

苦笑的我想要收回自己的手，然而草莓牛奶卻沒有鬆開的跡象。

微熱的體溫透過掌心和指腹滲入我的右手。我用力往後抽，但是她用力捏緊手掌不讓我逃離。

無可奈何之下，我只能低頭凝視草莓牛奶倔強昂起的臉蛋。

「北極星，你打從一開始就不相信那則傳說吧。」

內臟內側像被針戳了一下，但是我沒有表現出來。

「為什麼要這麼問？」

「……你明明瞭解卻故意反問的態度實在令人討厭。」

蟬鳴驟然大噪。幾乎震耳欲聾，反而令人疑惑為什麼之前會忽略了如此吵雜的蟬鳴。我們倆站在街道曬得到陽光那一側。視野閃閃發亮。

「就算你想找個伴消磨死前最後的時間，一般而言都會選女朋友吧。」

「為什麼妳會這麼——」

「不要敷衍我！如果不肯告訴我實話，我們倆從此不必再見面了。」

草莓牛奶抛下狠話。我只好將那些言不及義的台詞嚥回喉嚨，據實以告。

「的確，如果是連續劇，這種時候就會向女朋友坦白一切，然後在僅存的生命中不停掙扎，同時再次確認彼此的愛情，最後笑著道別吧？不過那些只是寫在腳本的內容罷了。」

汗水滑落脊背。

說出口的瞬間才發覺自己的聲音相當嘶啞。

「我很愛她。她是我這輩子第一個女朋友、第一個真心喜歡的人，因此我不希望她留下任何不愉快的回憶。與其將時間浪費在我這個餘命不長的人身上，不如早點被甩早點脫離傷痛去找下一個對象……她是個很棒的人，肯定可以找到比我更好的對象。」

「你將她美化得太過分了……也有聽見你快死了就直接扭頭離開的可能性吧，不如說，機率高上許多。」

「儘管如此，這件事情依然會成為她內心的一根刺。」

那是有生以來第一次得到的珍貴事物。

儘管已經傷痕累累、搖搖欲墜，我依然不希望看見那座親手堆切而成的小塔消失殆盡，所以，只好在倒塌前親手將之推倒。

像是為了不讓我敷衍了事，草莓牛奶用力地、筆直地凝視著我的眼睛。

「不想讓女友留下不好的回憶所以就選了陌生人的我？真是惡劣。」

「反正我們都要死了，又何必計較這些呢？」

「你以為『反正要死了』這句話可以當作所有事情的理由嗎？」

「可以吧，目前為止都用得很順利，不是嗎？」

「……用那張快要哭出來的表情說出來的話很缺乏可信度。」

「妳眼花了，這有什麼好哭的。」

對此，草莓牛奶沒有回答。

她只是莫可奈何地將我們倆牽著的手握得更緊，垂首嘆息。

舊明信片

今天同樣是個一成不變的酷熱夏日。

午後，清澈湛藍的天空令抬頭仰望的人不禁覺得宇宙比想像中還要近。只要越過攀附在層層山巒旁的潔白積雨雲和那道將天際一分為二的飛機雲，伸手就可以碰觸到宇宙的邊緣。

因此同樣要前往公園途中、在半路巧遇的草莓牛奶正好看見我站在巷弄正中央，踮起腳尖伸直右手想要碰觸宇宙的模樣。

或許是被熱昏的大腦一時之間無法理解眼前接收的景象，身穿制服的草莓牛奶只是愣愣地站在原地。基於某種自己也無法說明的執拗，我也沒有改變姿勢，繼續挺直脊背。

四周寧靜地似乎只剩下蟬鳴。

好半晌，草莓牛奶才果斷地轉身離開。

「——等、等等啦！不要假裝不認識好嗎！這樣的反應很傷人耶！」

我趕忙放棄無謂的執拗，用快要抽筋的雙腿追上馬尾搖曳的骨感身影。好說歹說了好一會兒，總算打消草莓牛奶誤認我是「大白天在街上召喚幽浮的瘋子」的誤會，得以並肩前往公園。雖然總覺得她刻意和我保持比平常更遠的距離，不過大概是我多心了。

「天氣真熱呀。」

草莓牛奶瞥了我一眼，扔出「這不是廢話嗎」的眼神後加快腳步。

開啟話題打消尷尬氣氛的作戰第一步就失敗了。我不禁苦笑。

撞見前女友已經是四天前的事情了。

不曉得基於什麼原因，總覺得草莓牛奶對待我的態度略為好轉。親眼看見我和深愛的女友分手而感到受我的決心嗎？又或者單純覺得我是個可憐人而施予同情？倘若是後者，還真是令人羞恥不已。

草莓牛奶並沒有主動深究那天的事情，我也因此得以擺出若無其事的表情繼續相處。話雖如此，她似乎開始對無關緊要的事情起了興趣，最近總是若有似無地刺探各種情報。

「——吶，為什麼你不去醫院？你沒去對吧？」

看吧，今天也是如此。

詢問一位將死之人為什麼沒有去醫院應該不是缺乏話題時的好選擇吧？使用「今天天氣真好」或「早餐吃了什麼」等等被問到發爛的台詞更好吧？反正她也並不想知道答案，單純只是為了打發時間。

然而為了感謝草莓牛奶沒有觸及內心不想被碰觸的柔軟部分，我只好據實以告。

「確實沒去。為什麼這麼問？」

「既然去醫院可以延長死期，應該要去才對吧？」

「那樣有意義嗎？」

我皺眉反問。然而大概是語氣略顯粗暴，草莓牛奶伸手將鴨舌帽往下壓，遮住表情不再說話。看著那枚依然別在帽子的彼岸花圖案胸針，我用平靜緩和的聲音繼續說：

「在醫院接受治療好讓自己能夠在醫院待上更久的時間，我認為毫無意義。與其將時間花費在那間純白色的牢籠和醫生互相乾瞪眼，我寧願和妳在陽光下散步。」

──況且，我們最後不是要自殺嗎？延續我的生命豈不是白費工夫？

我忍著沒有將這些疑問說出口，只是用眼角偷瞄草莓牛奶的側臉。

充滿活力、透出健康紅暈的臉龐。雖然雙眼被帽緣的陰影遮蔽，不過想必因為逐漸攀升的溫度而露出不悅的眼神吧？口袋和袖口之間露出的一截手腕彷彿因為汗水而變成半透明，模糊且搖晃，令我湧現緊緊握住那截手腕的念頭。

「──呿。」

草莓牛奶的咂嘴就像打在白日夢的響指，令周邊曖昧不明的思緒倏然集中。

放眼望去，從公園中央的大廣場為中心點向外擴展，到處都設置著在國小園遊會曾經見過的簡易棚子，而更多的攤販則是席地攤了五顏六色的大帆布，將商品放置其上進行展示。也有人直接將改裝過的小貨車開進公園裡面，打開側面的車蓋就是貨品齊全的精美小店。

「為什麼公園被攻占了？」

我的裝傻沒有得到回應，只好根據事實補充結論。

「看起來是雜物市場呢。」

「廢話，有眼睛的人都看得出來。」

「……這個公園還會舉辦這樣的活動喔？」

「好像兩、三個月會舉辦一次吧，我有聽同學說過。」

草莓牛奶面無表情側了側身體，讓兩位共同牽著孩子的父母通過。

我順應時機地詢問：「要逛逛嗎？」

「找魔女的事情怎麼辦？」

「沒差啦，反正大概也會無功而返。」

「喂！你這混帳！負責情報搜查的人是你吧！自己找一堆會無功而返的情報讓我們白白浪費一整天算怎麼回事！」

「所以我們不如休息一天，好好逛逛市集。」

「所以這個連接詞才不是這樣用的！」

草莓牛奶真是暴躁耶。大概是鈣質不足吧。虧她的名字還是草莓「牛奶」。

姑且大步走入公園，果不其然，草莓牛奶雖然抱怨歸抱怨，倒還是好好跟過來了。

粗略逛過一圈，攤販有八成都在販售二手衣物。這麼看來，與其稱之為雜物市場不如說是二手衣市場更為貼切。客人大多是攜家帶眷的小家庭，人潮稀稀落落，有種攤販的人數比客人更多的錯覺。

在我的認知中，女生應該都喜歡這方面的商品，尤其還有特價這個絕佳誘惑。不過看起來是我誤會了，草莓牛奶始終維持一號表情瀏覽過每個攤販，雖然偶爾會拿起某件衣物端詳，卻連比對尺寸都沒有就放回去了。

本來打算當作尋找魔女的小小休憩讓草莓牛奶不至於對一無所獲的結果感到厭倦，看來是我失算了。

走了幾步之後發現草莓牛奶沒有跟上。轉頭只見她若有所思地佇足，著迷似的緊盯著某一個攤販不放。

「草莓牛奶，怎麼了？」

整個人如遭雷擊地挺直脊背，下一秒，秀眉緊促的草莓牛奶大步走過來抓住我的手腕往回拖。

「不要用那個名字叫我！丟臉死了！」

我又不曉得妳的本名。

再說我這樣大喊出聲也很丟臉的呀，正好兩相扯平。

默默被草莓牛奶拉到雜物市場的角落。這附近的客人更加稀少，每個攤販的老闆默默坐在矮凳子，聊勝於無地搖著扇子搧風。這時我注意到旁邊的攤販是一台改裝過的小貨車，側面模仿書店的矮架直立擺設著數十本書，而小貨車旁邊更是放著三個兩公尺高的大書架。

「這間就是妳剛才盯著看的店喔，直接將書架搬到公園廣場真是不辭辛勞，不過這樣也比較好擺放書籍吧……二手書嗎。嗯，挺意外的。」

草莓牛奶迅速側臉，瞪大魄力十足的雙眸。

「什麼意思？你想說我不像那種會看書的類型嗎？」

「妳用二分法來分類肯定是戶外派，畢竟綁著馬尾，制服以外的便服都是褲裝，口氣也很不淑女，對吧？」

「對吧什麼的，完全都是你個人的偏見吧……你看起來倒像是經典的室內派，整天關在宿舍裡面打遊戲、看漫畫，對著螢幕吁吁喘息大喊『誒嘿誒嘿，老婆我愛妳』的類型。」

「妳的偏見不是普通的重耶，不過很可惜，猜錯了。我可是網球社的社員。」

草莓牛奶不屑地冷哼，對著環起手臂坐在矮凳、隨手翻閱雜誌的唐裝老闆頷首後逕自走入書架之間，伸出纖長的食指依序一本、一本地觸碰書背。

儘管陽光炫目刺眼，一走進書架之間視野頓時暗了下來。舊書獨有的霉味飄入鼻腔。

我隨手拿了幾本書。泛黃出現黑斑的封底留著尚未撕掉的到期單。「請將此書按期歸還」的粗體字下方用藍色印章蓋了好幾個歪七扭八的日期。原來如此，將圖書館要淘汰的舊書拿來賣嗎？

舊書基本上都是文學小說、武俠小說和雜誌。完全沒有認識的作者。

放棄書架區域的我再度走回小貨車前面的區域，這時注意到車緣的位置放著一個相當有年代感的木盒。裡面擺放著整齊的舊明信片。

各種圖案和風景照都有，用黑筆、藍筆和鉛筆寫滿各種回憶的二手明信片。

「嗯，沒想到連這種東西都有在賣耶。」

出於好奇心，我隨意抽起一張明信片。

封面是位於海岸的燈塔。九成都是清澈無雲的天空，在左下角的位置，白色油漆剝落大半的燈塔昂然而立。將明信片翻到背後，我發現上面只寫一行字。

——正因為我的雙手什麼都沒有，所以才能握緊妳的手。

沒有標明收件人也沒有署名，再度翻回封面可以看見兩側略為模糊的地址，不過收到這種莫名奇妙內容的明信片真的會感到開心嗎？又或者，正是因為寄不出去才會被拿到這種地方販賣。

看著那行略顯潦草的字跡，我忽然覺得寄信者應該是位年紀與我相仿的男性。頂著亂糟糟的髮型和沒刮乾淨的鬍渣，穿著失去彈性的鬆垮垮T恤，待在放滿雜物的宿舍桌面用原子筆寫出這段話。

這麼一想，總覺得自己和那位男性產生了連結。

「不好意思，請問這個一張多少錢？」

唐裝老闆抬頭瞥了我一眼說：「二十五元。」

原本以為只要十元左右的我陷入沉思。

「怎麼？你要買嗎？」

雙手依然投在外套口袋的草莓牛奶昂首詢問，我搖搖頭，用拇指指腹將堅硬的明信片壓回木盒內。

「妳不買東西嗎？」

「只是逛逛。」

草莓牛奶這麼說，馬尾隨之左右搖晃。她瞥了眼木盒，不感興趣地離開。

迅速穿過兩側販賣二手衣物的攤販，草莓牛奶筆直走到公園入口才停下腳步。伸手拉著領口搧風的我隨口詢問：「如何？要找家店休息一下嗎？正好有點口渴了。」

「……累了，今天先這樣吧。再見。」

草莓牛奶說完，面無表情地轉身離開。

歪著頭凝視草莓牛奶的背影，我努力思考她究竟有沒有在生氣。依照我不太可靠的第六感是沒有生氣，然而從態度判斷應該是生氣了？草莓牛奶沒有表情的時候看起來就像在生氣，不過仔細想想她今天好像沒有笑過？這麼看來果然是在生氣吧？

那麼她生氣的起因是什麼？

我的確偶爾會故作開朗、胡鬧開玩笑，然而這點草莓牛奶應該已經習慣了才是。最近對於我的裝傻也都會給予腳踹、出拳的反應，而不像最初見面那樣採取無視手段。有肢體接觸應該是感情更加融洽的證據吧？

「——生理期吧。」

我乾脆地做出結論。

如果被前女友聽見我光明正大地指出這點，想必會被痛罵一番吧。像是不懂女人心的混帳或白目笨蛋之類的。腦海鮮明地浮現插腰痛罵的前女友身影，她的臉蛋就像被聚焦似的連毛細孔都能夠清晰看見。

原本以為早已癒合的胸口傳來撕裂感，和待在宿舍時候的胸悶、胃痛不同，而是更加深沉，像是將手指深入結痂的傷口挖攪，鮮血、體液和情緒都汨汨流出的感覺。

擅自想起關於她的事情又擅自受傷，我這個人還真是麻煩啊。

「……果然還是找家店消磨時間吧。倘若維持這種心情一個人回宿舍，還沒等到草莓牛奶決定自殺方式我就想自己先了斷了。」

不想多花時間的我穿越公園前的柏油路，直接走進一間低調風格的咖啡店。

推開霧面玻璃門，乍看之下裝潢相當雜亂。桌椅擁擠到只露出僅容一人通過的狹窄通道，每桌桌面除了放置面紙的小立牌之外還放著多肉植物的小盆栽。薰衣草紫的窗紗迎風飄動，黃銅製的吊燈光輝令店內飄蕩著一股令人安心的舒適感。

可以聞到剛出爐麵包的甜甜香味和某種花香。

蓄著鮑伯短髮的店員小姐雙手擺在腰間地凜然站在櫃台旁。

和我四目相對之後，店員小姐微微躬身。

「歡迎光臨，還請隨意入坐。」

「啊……好的。」

直接坐在最靠近的位置，我在桌面找了下沒有發現菜單，只好直接點餐。

「請給我冰奶茶，正常甜少冰。麻煩了。」

「知道了，還請稍待片刻。」

店員小姐頷首躬身，卻遲遲沒有傳達點單的意思只是站在原地。拿出手機確認草莓牛奶沒有傳訊息過來後，我不禁遲疑地詢問：「呃，請問怎麼了嗎？」

「只是想說客人原來真的是客人，有些小小的感嘆。」

「……什麼意思？」

「最近幾天的客人都不想要喝茶休息，一進門就扯著嗓門詢問關於魔女商店的事情，害我都想要大喊別這樣妨礙我做生意了。」

「咦？難道妳知道關於魔女商店的事情嗎？」

「知道唷。」

店員小姐毫不遲疑地頷首。

沒想到線索遠在天邊、近在眼前，知道關於魔女商店的人竟然就在公園旁邊的咖啡店，令人不禁再次體認到命運的惡劣。然而追問後續的欲望強壓過痛罵命運的衝動，我忙不迭地開口。

「那麼能夠告訴我關於那間商店的確切位置嗎？」

「唉，結果客人也和那些人是同類嗎……算了，可以是可以啦，不過我得先去準備餐點，誠如所見，這間店全靠我一個人打點，可沒有偷懶打混的時間呢。」

店員小姐說完，掛著無奈苦笑轉身走入櫃台內。

數分鐘後，店員小姐端著一杯奶茶和一杯紅茶再次走上前。我尚未詢問只點一杯飲料為什麼會端出兩杯，店員小姐就極其自然地拉開對面的座位，優雅坐下。

原來另一杯是妳要喝的喔！

「……這樣偷懶沒問題嗎？」

「客人想問關於魔女商店的事情不是嗎？那件事情可不是三言兩語就可以講完的話題呢。正好我也有些累了，畢竟從開店就將腰桿挺直站在門邊等待客人上門。」

剛剛才說沒有時間打混的人是妳吧？話說一整天只有我一位客人嗎？生意未免太慘澹了。

店員小姐邊說邊用銀色小夾子將方糖挾入玻璃杯內。

細碎的砂糖緩緩沉入琥珀色的紅茶中，逐漸溶解。

「不好意思，請告訴我魔女的商店在哪裡。」

端正神色的我再次詢問。對此，店員小姐風淡雲輕地回答。

「就在這裡喔。」

「……咦？」

突如其來的情報令大腦陷入錯亂。驚喜與詫異的情緒同時充斥心頭。然而我尚未做出反應，店員小姐再度拋出令人錯愕的情報。

「抱歉，剛才是我用詞失當。應該說『那一間店已經倒閉了』更為適切。」

「……什麼意思？」

「這樣的用詞依然聽不懂嗎？糟糕，一時之間想不到更好的表達方式……」

不理會偏頭苦思的店員小姐，我著急地追問：「我當然懂倒閉的意思！不過準確而言究竟是怎麼回事？能夠告訴我前因後果嗎？」

「雖然只是臆測，情況應該與經營不善、客人減少、赤字增加、入不敷出等因素脫不了關係，最後只好關門大吉。」

店員小姐流暢地接連拋出四字成語，不對，某些只是單純的四個字詞彙罷了，總之「魔女的商店已經倒閉」這個消息的衝擊力太過龐大，令我的思緒暫時陷入混亂。

「所以我就將那間店頂下來了。」

自然繼續話題的店員小姐彎起右臂，像是要展示肌肉似的露出燦爛笑容。

店員小姐纖瘦的右手臂怎樣都好，然而綜合方才得到的情報，這裡正是魔女商店的原址。

我和草莓牛奶找了許久的商店竟然在公園旁邊？命運這個傢伙究竟想要玩弄別人到什麼地步才甘心？

我瞥了眼店員小姐胸口的姓名牌。

黑底壓克力名牌寫著銀色的潦草英文。

——Filk.Fu。

嗯……不會唸，早知道當初就認真學英文了。

注意到我的視線，店員小姐……應該說店主小姐頷首說明。

「我的名字是風依卡。風依卡‧芙。」

我沒有詢問為什麼一位外貌看起來沒有絲毫歐美血統的人會取這種名字。畢竟我也認識叫作「草莓牛奶」的女高中生，相較之下，風依卡‧芙也不過是一個略為洋式的外號，比起又甜又膩的飲料更適合當作名字。

「那麼，店主小姐，可以告訴我關於那位魔女的情報嗎？」

「這點不清楚耶。」

風依卡以堪稱完美的笑容這麼說。

「咦？但是，呃……事前來看房子或簽約的時候應該會和那位魔女有所交流吧？」

「這些事情都交給房仲業者打點了。」

聞言，我頹然垮下肩膀，感受著萬念俱灰的無力感。

風依卡順時針緩緩搖動玻璃杯。冰塊發出清脆的敲擊聲。

「既然客人想要前往魔女的商店，表示您有不惜付出性命也要購買的事物嗎？」

「妳也聽過那個傳聞啊。嗯，差不多是那樣吧。」

「為什麼要做這種本末倒置的事情呢？」

「咦？」

面對風依卡平靜的質疑，沒有由來的，我忽然想起那張舊明信片。

——正因為我的雙手什麼都沒有，所以才能握緊妳的手。

我的處境或許也是如此。試圖將僅存的時間捧在掌心仔細珍惜，然而在不知不覺間卻都從指縫流逝，再次攤開手掌的時候已經變得空無一物。不只有時間，就連朋友、生活的意義甚至於深愛的人都不復存在。

既然如此，我活著又有什麼意思？

我又是為了得到什麼才活著的？

不知不覺間，紫橘色的夕陽透入玻璃窗在店內流淌。

明明沒有開啟空調，我卻覺得寒意滑過脊背，順著緊貼皮膚的襯衫一路往下蔓延到腳底板。

「人隨時都會死掉喔。」

風依卡理所當然地這麼說。杯緣的水珠閃閃發亮。

「車禍、疾病、事故、仇殺或偶然，儘管你只有二十多歲，在現在的平均年齡當中算是相當年輕，然而依然沒有你能夠活到平均年齡的保證吧。」

那是輕到隨時會被風給吹散卻帶著異樣熱度刺入內心深處的言語。

風依卡的嗓音很美、帶著某種誘人的音律，卻是一針見血地戳破那些平時視而不見、刻意避開的事物本質。

——人隨時都會死。

因此必須把握珍貴的時光，愛惜活著的每一分、每一秒。
明明是再簡單且理所當然的道理，我卻彷彿直到這個瞬間才真正理解其中含意。
「我呢，一直是抱持『明天就會死』的心情活著。」
微微靠向椅背，風依卡露出很透明的笑容。
「為了讓明天就會死掉的自己不感到後悔，我總是盡情地享受、度過生命的最後一天。無論是這間店、生活的瑣事或者夢想都全力以赴，這麼一來，就算忽然死掉也不會留下遺憾。」
「不可能……活得那麼灑脫吧。」
「當然，這些只是亮麗的表面話，實際難免會有零碎的遺憾，像是在意的漫畫後續或睡前忘記充飽電的手機，倘若真的大澈大悟，我現在也不會在這裡經營咖啡店而是找一個杳無人跡、遠離塵世的祕境清修了。」
風依卡像是說了什麼幽默內容似的咯咯輕笑。
「那麼，還請客人慢慢享用。如果有需要請舉手招呼。」
風依卡說完隨即優雅地起身要離開座位。我用連自己也嚇到的速度用力抓住她的手腕。蒼白纖細的手腕被壓出小小的陰影。
風依卡沒有驚嚇也沒有動怒，只是平靜地露出微笑。
「客人？」

「……咦？呃，那個，我想要先結帳？」

「感謝惠顧！還請再度光臨！」

風依卡彎起嘴角，露出足將所有煩悶情緒一掃而空的燦爛笑容。

在櫃台結完帳之後，拿著據說是贈品的小包裝餅乾，我推開略顯沉重的玻璃門。這時風依卡再度說了聲「感謝惠顧！還請再度光——」，不過關起的玻璃門正好將她的話語阻擋在店內。

天色已經全黑了。

蟬鳴停歇，取而代之的是零散撒落腳邊的蟲鳴。尚未歸巢的鳥們並排蹲在電線桿與電線桿之間的電線上，由於只能夠看見一團團的黑影，無法判定種類。大概是麻雀吧？

走過小庭院的鋪石小徑，我注意到柏油路和矮樹圍籬的邊界有一小塊布滿藤蔓的黃銅立牌。彎腰湊著晦暗不明的路燈，好半晌我才看出上面寫著一串不像英文的扭曲文字，大概是法文或德文吧？雖然這個「大概」毫無根據。

「……這個應該是原本魔女商店的立牌吧。」

不過在魔女商店已經倒閉的現在，這塊招牌也失去了原本的意義。

這段時間我們幾乎每天都在數步之外的公園集合，出發前往小鎮的各個角落尋找魔女的商店，沒想到商店竟然就在觸手可及之處，真是想笑也笑不出來的迂迴轉折。

原本想說如果唐裝老闆還在擺攤的話要將那張明信片買下來，不過當我踏入公園的時候已經沒有看見那個攤子了。其他的攤販也大多離開了，只剩下零散幾個人正在慢吞吞地收拾商品。

✣

打從那天之後，我就再也聯絡不上草莓牛奶了。

灰色抹布

我自認生長在一個還算幸福的家庭。

父親就職於一家販售水槽設備的公司，擔任主任階級；母親則在一家朋友經營的餐飲店幫忙。

家人感情融洽，雙親作風開明，對於補習、升學等重要事項會不厭其煩地提出意見，最終卻仍然會尊重我的決定。在成長過程中，也有過好幾次被雙親理所當然的付出所感動，暗中決定將來一定要好好報答他們的時候。

儘管如此，那些決意都隨著一張輕如鴻毛的檢驗報告消散無蹤了。

我是個不肖的孩子，不僅隱瞞病情甚至連老家也不願意回去，打著「課業忙碌」的絕佳藉口賴在宿舍。我明白自己不肯回老家的理由，因為一旦和雙親見面，花費許久構築的決定或許會在一瞬間崩解殆盡，哭著喊著向雙親坦承一切。

透過手機和社群軟體，好幾次我也湧現吐露真相的衝動，然而最終卻都被更大的無力感蓋過。

獨生子死後，雙親究竟會有什麼反應？母親肯定會哭吧，父親的話……雖然我不曾見過他流淚，不過腦海卻自動浮現電影情節中嚴肅父親站在牆角默默流淚的畫面，異常鮮明……於是然後呢？接下來呢？每次想到這裡我就強迫自己打住，不再深思。

從小的時候，我就很討厭接觸到負面情緒。無論憤怒、哭泣或尖酸刻薄的惡意都討厭。所以我總是保持旁觀者的角色，與他人保持一段距離，隔著半透明的保護膜從遠處觀察，絕對不會主動踏入那個充斥負面情緒的圈子內。這樣一來，無論發生多麼討厭、悲傷或痛苦事情都能夠令那些情緒削弱許多。

是的，我是個膽小鬼。

我不敢面對前女友得知真相之後的反應，所以選擇用最爛、最卑鄙、最低級的方式摧毀那段關係。

我不敢面對家人聽見自己快死之後的反應，所以直接隱瞞消息，讓他們等到自己確實死掉那天才曉得兒子身患重症。我知道這麼做是錯誤的，然而比起在嗚咽、悲嘆與傷心中度過僅存的日子，我寧願繼續維繫這份平淡的日常直到最後一天。

掛在牆壁的月曆已經被撕掉許久了。

紅色的×被揉成一團，混雜在地板無數的垃圾當中，不見蹤跡。

✣

我聽見了敲門聲。

不確定是夢境或現實，我翻了個身，決定以夢境結案。

然而敲門聲持續了很久。咚、咚、咚、咚、咚咚、咚咚。節奏逐漸加快，我不得不做出這是現實的認定，隨即撐起身子，頂著沉重的腦袋走到門邊。

我將門開啟一小縫，隨即看見一張不悅的臉。

他是居住在隔壁房間的學弟。

「有什麼事情嗎？」

「學長，這個月的瓦斯錢就剩你還沒交了。」學弟無奈地攤開掌心的小筆記本，抱怨說：「找過你好幾次了，然而每次都撲空。」

「……嗯？」

這麼說起來，最近我基本上都不待在宿舍。即使沒有和草莓牛奶到處尋找魔女，也會待在公園的長椅消磨時間，難怪學弟找不到人。

姑且從錢包內取出積欠的金額，我看著學弟在筆記本的表格中劃掉自己的名字後關上門，搖搖晃晃地躺回床鋪。儘管腦袋昏沉沉的卻毫無睡意。在內心默數到第一百隻綿羊之後，我在床沿坐起身子。

窗外是個晴朗的豔陽天，光看就覺得悶熱，然而房間內卻因為嗡嗡作響的冷氣機而瀰漫著病態似的低溫。

我隨手將掛在椅背的薄外套披在肩膀，然後走到窗邊將窗戶推開。夏天的空氣一股腦兒地灌入。

接著似乎永不停歇的蟬鳴也充斥房內，彷彿直接響在耳畔似的清晰。

今天會待在宿舍，純粹因為我尚未和草莓牛奶取得聯繫。

電話不接，通訊軟體已讀不回，論壇網站沒有上線。僅存三個和草莓牛奶的聯繫都斷了，在理解到我們之間的關係有多麼脆弱的同時我也笑了。

我任憑窗戶開著，走到小冰箱前面看看剩下什麼食物。

只剩一半的蘋果醋飲、核桃巧克力、七味粉、草莓果醬、甜甜圈和小瓶裝的牛奶。選項不多卻也不少，相當微妙。

我思考著為什麼七味粉會在冰箱內，拿出甜甜圈之後起身，用腳跟踢上冰箱門。

叼著變硬的甜甜圈，我將散在房間各處的衣物隨手抓進洗衣籃。

離開冷氣房的瞬間，夏日從四面八方彰顯自己的存在。皮膚周圍頓時籠罩著一層溫熱空氣，封住毛細孔讓汗水無法流出。

抱著裝有待洗衣物的塑膠籃，我走到共用區域的洗衣機前，拉開蓋子，隨意倒入洗衣粉和香衣精，按下按鈕。洗衣機隨即框噹作響，彷彿壞掉似的不停轉動。

四十分鐘後，我抱著濕得發熱的衣物回到房間。

低溫令我忍不住打哆嗦。

將衣服掛在冷氣出風口的位置和氣窗窗軌，整齊地晾好之後我立刻踏出房間，走出建築物。

街景被暑氣蒸得搖晃不已。

當我搭上公車的時候後背已經被汗水浸濕了。雖然想要直接坐下，不過讓後背和椅背貼緊只會更難受，只好拉著扣環隨著公車左右搖晃。

坐在最前座的男性穿著紅、黑色的格子襯衫搭配西裝褲，皮鞋前面放著一個米色提帶的托特包。由於只能夠看見後腦杓和刻意剃高的頭髮，我開始思考他的臉孔究竟是什麼模樣。從身形和氛圍判斷他應該是社會人士，然而對於社會人士而言應該沒有所謂的暑假，他的裝扮又不像是放假休息的模樣，只好做出他的職業能夠在中午才去上班並且容許如此隨意穿著的結論。

美髮師、建築師、畫廊經理人、導播、製片人、釀酒師、藝術家。伴隨著公車的節奏，我一一列出想到的職業選項。

只要能夠看見他的臉孔應該能夠得到正確答案。我毫無根據地這麼想。

然而當我準備下車的時候，格子襯衫的男性依然沒有動作。

原本打算在擦身而過的瞬間偷偷向後瞥，然而最終我仍然沒有那麼做，只是嗶卡下車。走上人行道的時候立即往後看卻因為反光而根本看不清楚車內乘客。

我搖搖頭不再多想，躲進騎樓的陰影處，開始邁出腳步。

經過一整排的櫥窗，走上天橋又走下來，穿過無人的公園，我低頭看著藏身在矮樹圍籬之中的黃銅立牌，在內心補充一個選項。也有可能是咖啡店的店主。

雖然風依卡的咖啡店從來不開冷氣，然而或許是建築物本身的設計，光是踏入店內就覺得氣溫陡然降低許多。不同於機械似的病態寒冷，而是原本就存在於自然界的涼爽。

蓄著鮑伯頭的風依卡一如往常地凜然站在櫃台旁邊，朗聲招呼。

「歡迎光臨！客人今天也是老樣子嗎？」

「嗯，麻煩了。」

「點單收到！還請稍坐片刻！」

風依卡精神十足地說完，走進櫃台。我則是移動到窗邊的桌椅坐下。

每次進到店裡，桌椅擺設的位置總有微妙的變化。我沒問過究竟是風依卡刻意移動的，或是她在整理的時候嫌麻煩，即使撞歪桌椅也直接放著不管。無所謂。反正我每次都挑那張放著白牡丹盆栽的桌子。

白牡丹。這是風依卡告訴我的名字。

明明整體而言是淺綠色的多肉植物，葉子邊緣甚至帶著粉紅色，壓根和白色扯不上邊，不過當時的我沒有詢問過為什麼叫做這個名字，只是「嗯」了一聲表示理解。

至少葉子看起來胖胖的，很可愛。

我撐著臉頰看向窗外。車輛和行人來來往往，顯少有人注意到這間咖啡店。

今天店內也只有我一位客人，不禁擔心經營方面真的沒有問題嗎？上網搜尋這間咖啡店的消息只會找到其他家店，甚至沒有官方網站，然而身為店主的風依卡不發傳單也不進行任何攬客活動，只是始終帶著樂天知命的笑容站在門邊等待客人上門。

說不定她是某個財閥的千金大小姐，這間店單純只是開興趣的而已。

瞄著在櫃台愉快哼歌的風依卡，我不禁這麼猜測。

✣

吃完極為普通的三明治，我按照手機導航的指示前往縣內知名的升學學校。

時間尚早，我只好靠著圍牆發呆，偶爾轉頭瞥了眼金底黑字的校名名牌打發時間，然而警衛室的大叔一直對我投以懷疑的目光，十多分鐘後，我不得不從校門口轉移陣地，前往學校對面的便利商店待機。

這裡的三明治比風依卡店裡賣的便宜五塊，味道也相差無幾。

我再次懷疑那間咖啡廳是否能在現今競爭激烈的市場存活下去。

本日第二餐的三明治有點膩，不過還是很快就吃完了。我將塑膠袋放在桌面，滑動手機。不過只是不停在數個社群網站切換，從頭瀏覽早已看過的動態消息。純粹為了打發時間。

夏日的天空總得等到很晚的時候才會轉暗。明明已經是夜晚了然而天還亮著，這種違反嘗試的事情讓我覺得很有趣。小時候某次在電視看到北歐國家即使在深夜時分仍然天色明亮、人們照常在街道活動的節目，讓我決定以後一定要去那裡旅行。

在我開始思考是否該趴到桌面小睡片刻的時候，忽然聽見懷念的放學鐘聲。

不多時，許多和草莓牛奶身穿相同制服的學生魚貫踏出校門。她們湧到街道每個位置，公車內部、機車後座和腳踏車的坐墊上面，其中當然也包括了便利商店。左右兩側的座位隨即被占據。

她們高聲談論著考試題目、社團活動和最近很流行的歌手。大概吧。青春的活力令我這個即將大學畢業的人幾乎睜不開眼，暗自感嘆四年的時間差距真是恐怖。

仔細想想，身為重點升學學校的學生，暑期輔導這種活動是不可避免的，然而這些日子以來，草莓牛奶一副完全沒有這回事的模樣，只要我傳訊息說「明天一起去尋找魔女吧！」，隔天總可以在公園見到她的身影。

大概翹掉了吧？

反正都要死了，複習考試內容也沒有意義。

「這句話真是適用在這種場景的萬能咒語呢。」

我不禁笑了出來。

反正都要死了，就算將人際關係搞得一團亂也沒關係。

反正都要死了，就將時間盡情揮霍在自己想做的事情上面。

反正都要死了，不如就去嘗試那些以往礙於社會規範或常識倫理而卻步的事情，像是尋找一間怎麼想都不存在現實的魔女商店，在自殺網站搭訕其他人，或者是陪著初次見面的女高中生攜手結束生命。

由於隔壁的女高中生不時對我投以警戒的眼神，我起身走出便利商店，穿越街道站回校名名牌下方的位置。

片刻，有道清麗的嗓音傳來。

「——嘿。」

我轉動頸子，視野從依然明亮的天空變成蹙眉不悅的俏臉。

「……為什麼你在這裡？」

「感覺很久沒有見到妳，不小心就來了。」

我微笑回應。擦身而過的兩位女學生正好聽見這段對話，不由自主地偷偷朝我瞥上一眼，隨即掩嘴快步離開。

狠狠瞪了眼那兩名女生的背影，草莓牛奶厭惡地咂嘴。

「你這傢伙是跟蹤狂啊？搞什麼直接來學校堵人，真是有夠噁心。」

「別這麼說嘛，我們倆不是尋找魔女的好夥伴嗎？」

「傻子才和你是好夥伴。」

我聳聳肩，直奔正題：「聽說魔女的商店倒閉了。」

草莓牛奶一愣，隨即捏緊垂在短裙旁的手指。

「這個話題要講很久對吧？我們換個地方。」

「悉聽尊便。」

我聳聳肩，跟在草莓牛奶身後。她的步伐又快又急，彷彿在催促著什麼似的，不停超越其他行人。我不禁想像如果她今後出社會、進入公司工作，應該會成為令同事望之卻步的女強人類型，用同樣快速的步伐踩著高跟鞋。

喀喀喀，喀喀喀，喀喀喀。

許久，當天空變得漆黑且深邃，草莓牛奶才停下腳步。

我們待在一棟老舊公寓大廈的四樓。不遠處的電梯門貼著寫有「維修中」的Ａ４紙。走廊擺滿枯萎的盆栽。鐵製正門似乎一碰就會落下鐵鏽。

「那個，稍等一下，這裡是……妳家對吧？」

「不然呢？」草莓牛奶沒好氣地翻起白眼：「我必須準備晚餐，沒時間去公園陪你聊上整晚。」

這麼說起來，以前尋找魔女商店的時候她也總是在傍晚時分離開，幾乎沒有陪我找到晚上的印象，原來是這個原因嗎？

——為什麼不早說？我努力將這個疑惑嚥回喉嚨，因為我曉得草莓牛奶只會對此投以不屑的白眼，無言表示「何必告訴你如此私人的事情」。我知道肯定會變成如此尷尬的氣氛，所以沒有詢問。

草莓牛奶轉開鎖，推開鐵門。

率先映入眼簾的是半掩開的鞋櫃、充滿壁癌的天花板和狹窄走廊。光線昏暗且落寞。和想像中澈底不同的類型。比起住宅，反而更接近便宜出租宿舍的感覺。

「請進。」

草莓牛奶在嘴裡嘟囔，用腳跟蹭掉皮鞋之後將之甩到雨傘架旁邊，逕自踏入屋內。我脫下運動鞋，急忙跟上。踩進走廊的時候不小心踉蹌了一下。

草莓牛奶拐入第一間房間。那是連著廚房的客廳，擺著老舊的靛藍色真皮沙發、木桌和塞滿各種雜物的矮櫃。我拿開放在沙發的報紙，瞥了眼日期發現是上周的。

「烏龍茶？氣泡飲料？白開水？」

「白開水就行了，謝謝。」

「很好，因為冰箱也只有這個。」

草莓牛奶從貼滿便條紙和磁鐵的冰箱取出冷水瓶，倒滿一杯水後將杯子放到我面前，隨即單刀直入地開口。

「你剛才說那間商店倒閉了是什麼意思？」

「我找到那間店了，就在公園旁邊，只隔著一條馬路。」

「……沒有在開玩笑？」

「還沒說完。」我停頓幾秒，繼續說：「然而那家店並非『魔女的商店』，魔女已經離開了，而新的店主不曉得魔女的聯絡方式。」

「……完全斷了聯繫？」

「確實如此。」

「搞什麼啊，這種最差勁的爛結果。找到之後才發現對方不過是個假裝魔女的騙徒或瘋子還更好一些。」

對此，我不免感到認同。未完待續這種事情留給小說和電影就夠了，現實世界最好還是能有個明確答案。

「抱歉，我去一下洗手間。」

「客廳出去左轉到底。燈泡會突然閃滅是正常現象，別在意。」

「瞭解。」我撐住膝蓋起身，走回陌生的走廊。

天花板微微傾斜的廁所比想像中更加狹窄，連原地轉身都顯得困難。酒紅色的馬桶、酒紅色的洗臉台和酒紅色的鏡子更是令空間看起來受到壓迫。

在洗手的時候，我注意到掛在橫桿的抹布相當乾淨。我一愣，再次轉回視線。抹布明顯使用過許多年，邊緣的線頭都脫落了，仔細想想根本無法和乾淨扯上邊，然而為什麼會讓我「覺得乾淨」？

微微歪著頭，似乎這樣能夠促進大腦內的血液流動。我用指尖輕輕碰觸那條抹布，質地相當柔軟。彷彿有人每天花費無數時間認真搓洗到其他無謂的材質都消失了，令它顯得髒得很乾淨。

我忍不住細細咀嚼這個浮上腦海的詞彙。

——髒得很乾淨。

這個時候客廳傳來某種碰撞聲響，我趕忙離開浴室。

回到客廳的時候電視機仍舊沒有打開。待在廚房的草莓牛奶單手捧著一顆切半的洋蔥，側臉瞥了我一眼。

「今天母親大概得忙到九點才會回家，在這之前，請隨意。」

「喔喔。」

由於廚房就在客廳旁邊，我不必探頭就能夠看見草莓牛奶的一舉一動。

首次見到家人以外的女性正在進行料理，有某種奇特的新鮮感，不過看得太過明目張膽又會被罵，只好偶爾用眼角偷瞄。大概誤會了我的眼神，結束料理的草莓牛奶低聲說：「沒有準備你的份。」

「嗯？我也沒有要吃啦，只不過既然妳不打算趕人，我就在這邊等到涼快一點再回去。反正回到宿舍也沒有事情做。」

「……隨便。」

草莓牛奶低聲說完，先用保鮮膜將其中一盤菜包好放進冰箱，接著拿起一雙筷子用牙齒咬住，雙手分別端著瓷盤和白飯走到客廳，坐到沙發另一端。

「只有一盤？」

「反正最後還是會混在一起，不如將肉和青菜一起炒，省時也省瓦斯費。」

瞬間覺得草莓牛奶講得不無道理，然而仔細想想，料理的味道會全部混在一起吧？

草莓牛奶默默地吃著晚餐。一口蔬菜、一口肉的頻率。

久違地感受到尷尬，我開口詢問：「不看電視嗎？」

「反正又沒有什麼好節目。」草莓牛奶說：「你要看就看。」

「我是覺得有點背景音樂比較輕鬆啦。」

草莓牛奶猛然站起身子，走到一旁的矮櫃拿起遙控器遞給我。

「謝謝。」

草莓牛奶只是聳聳肩，挾了一口青菜，啪吵啪吵地咬著。

打開電視的瞬間正好在播放墾丁的旅遊節目，主持人正在介紹一間泰式料理店。沒想到竟然會選這麼經典的景點，有種在旅遊節目繞了一整圈的新意。

草莓牛奶不時用眼角瞥著螢幕。

見狀，我放下遙控器，隨口問：「妳比較喜歡山上還是海邊？」

「……我沒去過。」

「什麼意思？」

「我沒去過海邊。」

「咦？妳沒有去過嗎？講認真的？」

「對啦。」

「國中或高中的畢業旅行不是都會去……啊不對，妳應該還沒去高中的畢業旅行對吧，那麼國小和國中的呢？都是去北部的景點？」

「都缺席。」草莓牛奶平靜地說：「經濟因素。」

啞口無言的我一邊埋怨自己的粗心一邊保持沉默，然而無論時間過得多久都沒有令她的情緒變好，只好接續話題：「所以妳也沒有看過海？」

「對啦，剛才不是說過了。」

語氣漸趨暴躁的草莓牛奶不耐煩地扭動腳踝，眼神變得相當銳利。

「那麼要去嗎？」

「……什麼？」

草莓牛奶一怔，瞪大眼睛。

「剛才講到墾丁對吧？我忽然想起來兩個月前有預定過飯店，不過後來因為各種事情完全忘記了。」

我邊說邊拿出手機點選日曆的軟體確認日期。

花了數秒理解，草莓牛奶露出複雜的表情。

「你將計畫和女朋友去玩的行程直接拿來套在我頭上？甚至一副沾沾自喜、覺得『真是好主意』的表情？你確定沒有搞錯嗎？」

「金錢方面不必擔心，當初為了給她驚喜，規劃和花費都是用我打工的存款，她只要負責空出時間就行了……如何？很浪漫吧？」

「這種澈底打亂行程的驚喜最討厭了。」

沾沾自喜的我被零度以下的冷酷眼神打擊得體無完膚。咦咦？真的嗎？在高中少女眼中，我精心策劃數周的驚喜評價如此之低嗎？總覺得這是近期最令人沮喪的事情。

好半晌，垂著眼簾的草莓牛奶低聲說。

「那、那個……所以我想去。」

雖然有點在意為什麼她沒有說「我要去」而是「我想去」，不過兩句話的意思基本上並無差異，我也沒有深究語法問題，繼續話題：「那麼麻煩妳把那兩天的行程空下來，稍微準備好行李……對了，也得徵求妳的雙親同意──」

「那點不需要。」草莓牛奶強硬打斷，接著大概是意識到自己的語氣太過蠻橫，囁嚅補充：「反正學校每天都在寫差不多的考卷，翹掉兩天無所謂。」

真是答非所問的態度。我暗忖。

如果草莓牛奶沒有解釋清楚，我就會變成誘拐高中少女的犯罪者了，雖然就算被法官判刑似乎也沒差，反正都要死了。

這句話果真是個萬能的咒語。

我勾起嘴角，站起身子。

「那麼我也差不多要回去了。」

垂著頭的草莓牛奶送我到玄關，用微乎其微的聲音問：

「確定會帶我去墾丁對吧？沒有騙人？」

「當然。」

「……我很期待。等會兒將日期傳給我，那段日子會空下來。」

然後鐵門掩起，遮住那雙澄澈凜然的鳳眼。

第三章

在自殺之前，妳有什麼未了心願？

後照鏡

旅行當日是個艷陽高照的晴天。

我和草莓牛奶約在那座公園集合。雖然只是數周的事情，不過現在只要談到集合，即使沒有特別說明我們也都知道是那座公園。

這是草莓牛奶和我的默契。

儘管世界有七十億人口，然而只有兩個人理解這個默契。

這麼一想，無論什麼話語，只要接在儘管世界有七十億人口的後方都會顯得規模龐大。又發現一句媲美「反正都要死了」的萬用句。如果將來有機會製作個人語錄，肯定會將這兩句話收錄其中。

我再度邁出腳步，隱約知道自己很快就會忘記這件事情。

久違的旅行讓我相當期待。

就像回到了小時候。昨晚幾乎徹夜未眠，光是想到「要去旅行」這件事情就覺得胸口塞得滿滿的。

經過風依卡的咖啡店時，我發現門口掛著「休息」字樣的木製吊牌。吊牌一角有著二頭身蜘蛛的手繪圖案。仔細想想，咖啡店似乎沒有固定的公休日。

當我抵達公園的時候，草莓牛奶看似等待許久地立刻迎上前。

她穿著刷破的牛仔長褲和米白色薄長袖外套，鴨舌帽的陰影幾乎遮住整張俏臉，身後揹著一個陳舊大背包。左邊背帶磨損到透出內層纖維的程度。

草莓牛奶瞄了眼我的後背包，明顯鬆了口氣。

「我本來想要帶小行李箱，但是在家裡找了很久也沒有發現類似的東西，只好用這個……不會太大吧？」

「尺寸方面應該沒問題。」

聞言，草莓牛奶露出放心的笑容。

這個瞬間我忽然覺得她看起來像個小孩子。符合她年紀的孩子。

當我們走出公園的時候，那位獨自彈奏吉他的少女依舊頂著足以將熱情和夢想都燃燒成為灰燼的陽光，在幾乎沒有人經過的前庭高聲唱歌。

草莓牛奶這次連瞥上一眼也沒有，筆直地踏出腳步。

✣

「——南部也熱到太誇張了。」

草莓牛奶一副即將被曬乾的表情，垂頭喪氣地用手掌拍著屁股。

連續搭乘五個小時火車，我們總算抵達高雄火車站。乘客們紛紛伸展手腳，拖著行李箱依序踏出車廂。

「比較起來我們算是輕裝呢。」

環顧一圈的草莓牛奶如此結論。

出了剪票口之後，我隨手將裝著空便當盒的塑膠袋扔入垃圾桶，大步走向出口。草莓牛奶用忌妒的眼神狠狠瞪著寫有「高鐵」的指標，花了好些時間才讓心情稍微平復，加快腳步跟上。

我們繞到後火車站的巷弄，花了點時間才找到出租機車的店家。

「……咦？機車？」

草莓牛奶面露難色。

「嗯呀，比起坐在車子裡面她更喜歡吹風。當初就這麼預訂了。」

我的解釋貌似沒有辦法令草莓牛奶釋懷，表情寫滿「我絕對要阻止如此愚蠢的交通手段」，不過基於連我也不明白的堅持，她似乎決定用其他藉口讓我自行打消這個主意。

坐在後座的草莓牛奶思索片刻，露出裝出來的鄙視神情。

「首先，你會騎嗎？」

「這不是廢話嗎，我駕照都考過四年了。」

「但、但是之前都沒看你騎過。就算擁有駕照，不熟練也很危險。」

「小鎮不需要騎機車就挺方便了，反正我也不是趕時間的類型，與其繃緊神經注意路況寧願坐在公車上發呆。」

說完，我扭動手腕催發油門。

身後傳來相當可愛的尖叫，緊接著，腰部被緊緊抱住。

率先襲上心頭的情緒並非驚喜而是恐懼。那位連走在我身旁都會刻意錯開前後距離的草莓牛奶竟然主動抱住我，其中肯定有所蹊蹺。難道是忽然改變心意要挑現在殉情嗎？讓機車暴衝去撞卡車之類的？

那樣的死法肯定很痛耶，拜託饒了我吧。

總算是用理智強硬穩住機車龍頭，從後照鏡確認完後方來車，我緩緩將機車停靠到路邊才轉頭。

只見渾身顫抖的草莓牛奶將臉埋在後背，雙手緊緊抱住我的腰部，似乎尚未察覺機車已經停了。

「……妳在搞什麼？」

沒有得到回答。

「已經停車了。草莓牛奶，妳剛才在搞什麼？那樣嚇人很危險耶。」

怯怯地用眼角確認周遭，草莓牛奶低聲囁嚅：「這是我第一次坐機車。」

「……嗯？妳在開玩笑吧？第一次？」

「我為什麼要騙你？混帳傢伙！騙你這種事情很好玩嗎！」

草莓牛奶猛然抬起淚水盈眶的臉龐，咬緊銀牙大罵。受到震撼的我一怔，愣愣地說：「抱歉。」

經過數分鐘的心理建設和徹底檢查過安全帽的安全性之後，草莓牛奶再次坐到後座，露出毅然決然的神色。

「好、好了，可以出、出出出發了。」

「不行的話就喊停，拜託別再突然勒住我的腰或脖子了。講認真的。」

「……總之，騎慢一點。」

「……我儘量。」

我緩緩發動油門，維持在時速十公里的速度開始前進。

雖然草莓牛奶仍然用打算勒死人的力道抱緊腰部，不過至少沒有緊貼在耳邊發出尖叫了。

從高雄出發，騎機車到墾丁大概需要兩個小時的時間。

一路上艷陽高照，晴空蔚藍，迎面吹來的風也帶著南國氣息。

後照鏡隱約可以看見草莓牛奶飄揚的頭髮。

雖然我的心情隨著旅途逐漸高昂，然而後座的女高中生似乎反而呈現反比。

「為什麼只看到魚塭？海在哪裡？」

「好荒涼。」

「這裡的治安差到連窗戶都得安裝鐵捲門嗎？這樣一來我們兩人豈不是很危險？你知道羊入虎口怎麼寫嗎？你這麼瘦弱打得贏強盜嗎？」

「不要假裝風很大聽不見我說的話啦。」

「屁股好痛。」

「我說我的屁股很痛啦！笨蛋！」

草莓牛奶不停低聲抱怨，偶爾還會故意擰我的肚腹洩憤。特地留長的指甲戳入肉裡面的痛楚好幾次都令我產生故意加速再急剎的念頭，然而當右手邊可以看見海洋的時候，草莓牛奶頓時禁聲，只是默默地眺望海天一線的湛藍水域。

我繼續騎了數十分鐘，隨後將機車停在道路邊側的休息區。

數輛改造過的小貨車交錯停在角落，車輛中間的位置擺了好幾個附有陽傘的桌椅。曬得黝黑的人們三三兩兩坐在傘內的陰影，讓人無法區分誰是客人而誰是老闆。

我正想要去買杯冷飲，然而草莓牛奶卻筆直走向邊緣。她的架式彷彿要直接衝下懸崖跳海，害得我只好拔腿跟上。

「不要想著爬下去喔，之後才會有專門給人玩水用的沙灘。」

我的提醒似乎沒有傳入她的耳中。

停在懸崖邊界的草莓牛奶輕輕扶著樹幹，安靜眺望遼闊的海平面。髮絲被海風吹得胡亂揚起。這段時間，我不時用眼角偷瞄草莓牛奶撩住瀏海的右手手腕。潔白、渾圓且彷彿一碰就碎的手腕。

許久之後，草莓牛奶總算恢復語言能力，頗受震撼地開口。

「真漂亮。」

「對呀。」

「有種不管發生什麼事情都無所謂了的感覺。」

雖然聽不懂草莓牛奶想要表達的意思，不過我還是「嗯」了一聲作為答覆。

「走吧，之後隨時都可以看見海了。」

這句話似乎令草莓牛奶的心情隨之雀躍。坐在機車後座的時候也不再抱怨，只是緊緊地摟住我的腰。

我第一次看見海洋的時候是在國小的畢業旅行，雖然無法想起那個時候自己的感想，不過應該也和草莓牛奶差不多吧？又或者沉迷於和同學聊天，對於海洋不屑一顧呢？

隨著逐漸接近鬧區，草莓牛奶的情緒也變得高昂，開始貼在耳畔說個不停。

「真的有沙灘耶，還有水上摩托車……這邊可以衝浪嗎？」

「妳想衝嗎？」

「不想，只是問問看。」

「如果妳想嘗試浮潛、香蕉船或水上摩托車之類的活動請自便，不會游泳的我會在沙灘等妳。」

「我也不會游，看看就好。」

原來草莓牛奶是旱鴨子。今天又多得知了一件關於她的事情。

或許是因為時間正值中午的緣故，墾丁大街的遊客稀稀疏疏，店家也幾乎沒有營業。我繞進小巷子，緩緩催動油門繞了一陣子才發現旅館的招牌。

先讓草莓牛奶下車之後，我騎到旁邊停著整排機車的巷弄。

抱著安全帽的草莓牛奶難以置信地瞪著好幾名只在比基尼外面穿上沙龍裙的女子，直到她們走遠了仍然站在原地沒有動彈。

「怎麼了？」

「我……沒帶泳衣。我沒想到可以游泳。」

「直接穿身上這套就行了，不然等會兒找家店買一套也行。」

草莓牛奶似乎覺得我在敷衍，不悅地蹙緊眉毛。

收好安全帽的我走進旅館大廳，向櫃台小姐說出名字和電話，接著問：「雖然當初我訂的是雙人房，不過可以幫忙改成兩張單人床的房型嗎？謝謝。」

「咦？好的，現在幫您確認一下有沒有空房。」

櫃台小姐若有所思地盯著站在大廳等人高花瓶旁的草莓牛奶一眼，隨即回答：「有的。」

原本已經有打地鋪準備的我不禁鬆了口氣。

因為吹了一整天風導致頭髮打結纏在一起的草莓牛奶心情很差地坐在大廳角落的檀木方桌，隨手整理。

「請幫我換成那種房型，謝謝。」

「好的，那麼就幫您換成兩張單人床的房型。需要支付的房型差價如下，請確認。」

櫃台小姐俐落反向敲打計算機，向我說明最後的金額。我隨意瞥了眼，從錢包抓出鈔票付帳。領到鑰匙之後便走回草莓牛奶身旁。鑰匙結著一塊透明壓克力板，內層用燙金紅字寫著211的房號。

「仔細想想，或許這也是我第一次來住旅館。」

草莓牛奶抬頭凝視吊燈，自言自語。

這次我並沒有追問「真的嗎」，而是聳聳肩，領頭走上二樓。

標準的西式旅店房間。潔白的床鋪，米色的天花板、黑色的辦公桌和檯燈、擺放整齊的記事紙和原子筆、小冰箱、衣櫥下層甚至有個保險櫃。雖然我覺得少了南方的海洋元素不免有些遺憾，原本以為會是藍白色調、以貝殼和樹葉裝飾、天花板掛著純白扇葉吊扇的房間，不過草莓牛奶似乎相當滿意。

「真大耶。」草莓牛奶低聲嘆息。

我將兩個背包放到扶手椅，伸展手腳地詢問：「要先休息一下還是出去走走？」

草莓牛奶露出「你在說什麼廢話」的眼神，率先踏出房門。

雖然方才一直糾結自己沒有帶泳衣這件事情，不過草莓牛奶對於游泳的興致並不高，在沙灘踩踩海浪就心滿意足了。為了避免被海浪濺溼褲子，她將褲管捲起，赤裸著雙腳。

我坐在租借洋傘的塑膠椅，看著草莓牛奶從沙灘的一端走到另一端。

腳邊是塞著襪子的運動鞋。

以往，她總是忙不迭地邁開腳步，彷彿在催促什麼似的，然而此刻卻不疾不徐地前進，將全身的重量放到腳底在沙灘踩出深深的足跡才會邁出下一步。不遠處有兩位拿著塑膠鏟子和塑膠水桶的孩子，應該是兄妹吧，正在不停用水桶裝著濕潤的沙子到乾燥的位置建造砂堡。

耳邊可以聽見嘩啦、嘩啦、嘩啦，似乎永無止盡的浪濤聲。

「你在睡覺？」

我轉頭，發現草莓牛奶站在旁邊。膝蓋以下的牛仔褲溼成靛青色。

「怎麼了？」

「……忽然有個大浪，沒跑掉。原本差點失去平衡倒了，還好最後有撐住。」

草莓牛奶的語氣沒有絲毫氣餒，只是在陳述事實。

「那麼先回旅館一趟讓妳換件褲子？」

「沒關係，反正很快就會乾了。」

「但是黏黏的很不舒服吧？」

「無所謂。」草莓牛奶搖搖頭。

「不然也可以去買條海灘裙，直接換掉。」

「無所謂。」草莓牛奶再次重複，接著說：「我餓了。」

於是我們離開沙灘，前往人潮逐漸聚集的墾丁大街。

「——情侶真多，而且總覺得有很高的比例都是美女配上野獸的組合，為什麼他們有辦法追到那麼漂亮的女朋友？世界還有沒有道理啊。」

「別因為自己單身就到處忌妒，真難看。」

悠哉舔著霜淇淋的草莓牛奶發出不屑冷哼。

「我、我本來也有很漂亮的前女友啊！」

「在我看來，那種自視甚高的類型打從一開始就和你是不同世界的人，就算交往也只是遊戲性質居多吧？這麼說來，當初是誰先告白的？」

「這個話題到此為止。」我厲聲補充：「不接受異議。」

草莓牛奶無所謂地聳肩，逕自從我的牛仔褲口袋抽出面紙，擦拭被融化冰淇淋弄得黏膩的手指。看著她將揉成一團的面紙包在甜筒下端，我好奇地問：「妳不吃嗎？」

「吃什麼？」草莓牛奶一愣，隨即皺起臉說：「絕對不要。」

我不置可否地結束這個話題。

草莓牛奶對每個攤販都興致勃勃，無論賣什麼商品都會認真端詳，反而令我看不出來她真正對什麼感興趣。

經過酒吧的時候，草莓牛奶無法拒絕地收了身穿比基尼泳裝的店員小姐的傳單，走了好幾公尺仍然頻頻回頭，甚至扯住我的袖子詢問：「等會兒要去酒吧嗎？」

「……容我提醒，未成年的高中生可不能進出那種地方。」

「體驗那種氣氛沒關係吧，反正我也不喝，只要被質疑的時候你再拿出證件不就好了？」

「既然如此，請乖乖等到成年之後再去。」

話說出口之後我才驚覺對一位準備自殺的人而言這種說法相當諷刺，然而或許是國境之南與海風所營造的特殊氣氛使然，草莓牛奶只是噘嘴將傳單對折兩次收入口袋，並未出現其他反應。

最後我們倆坐在青年遊樂中心入口對面的小廣場。

有一位身穿西裝的青年正在旁邊演奏爵士鼓，四周站了不少聽眾。

配合音響的旋律，青年飛快敲打爵士鼓。我不禁聯想到那位在公園廣場昂首高歌的少女，當然，眼前正在演奏的青年和她毫無關係，然而兩者的身影卻湊著霓虹燈隱約重疊。

屈著膝蓋的草莓牛奶坐在階梯，用雙手撐住下顎，表情看不出來究竟是在放空還是感到無聊了，不過既然她願意保持沉默，我也樂得愜意享受氣泡飲料和炸物。

半晌，草莓牛奶忽然用肩膀輕輕撞了下我的肩膀。

「吶，你有看過殭屍的電影嗎？」

「沒有，我不會主動去看那些會讓自己嚇到或作噩夢的影片，不過倒是陪別人看過幾部鬼片。」

草莓牛奶冷哼一聲。她大概也猜到那個別人正是我的前女友。
「為什麼突然提到這個？」
「嗯……心血來潮。而且我剛才說的不是鬼片，是殭屍。」
「有差別嗎？」
草莓牛奶沒有解釋，轉而用縹緲的語氣說：「雖然我也沒有看過，不過有時候我會覺得生活在那樣的世界也不錯。」
「那麼累的世界我可敬謝不敏。」
「會嗎？」
「後期的食物基本上只有罐頭。」
「但是偶爾可以獵到動物來烤肉吧。」
「娛樂幾乎消失殆盡，沒有電視，沒有漫畫，沒有遊戲也沒有手機。」
「我本來就不在意那種事情。」
「就算殺掉殭屍也沒辦法獲得經驗值，不可能升級。」
「廢話。」
「朋友和親戚都四處分散，或許永遠也見不到面。」
「那是優點才對。」
「每天都睡不安穩。」

「無所謂。」

「必須找到夥伴才能夠提高生存機率，然而永遠無法確定那些夥伴是否值得相信，隨時都得提心吊膽。」

「我一個人也可以活下去。」

「講出這種台詞的人通常都會死喔。」

「我不會，因為我是主角。」

我隨口舉例生活在殭屍末日世界的壞處而草莓牛奶一一反駁。

就像在進行某種遊戲，將假想的悲慘世界來和身邊的現實世界互相比較，然而這麼做又能夠代表什麼？如果最後發覺假想世界更好該怎麼辦？我沒有繼續深思。

在海風吹拂與鼓聲紞紞迴響的廣場階梯，我們兩人一言一語彼此交鋒，雖然沒有裁判，不過總覺得現實世界略勝一籌。真是太好了。

「而且隨時可能會死。」我以此總結。

「那樣挺不錯的吧。」

「如果妳覺得被咬死算不錯的死法，我無話可說。」

「……的確，那是個盲點。」

草莓牛奶低頭思索片刻，低聲嘆息：「好吧，或許現在這個爛到極限的世界好一點點。雖然也只有一點點而已。」

第一顆星

夜幕低垂。令人難以忍受的酷熱溽暑總算逐漸降溫。

我提議租借機車到其他景點晃晃，然而光是聽見「機車」兩個字就激烈抗拒的草莓牛奶壓根不打算聽後續的景點說明，雙方妥協後的結果是再重頭逛一次墾丁大街。

正值暑假的緣故，三五成群的大學生屢見不鮮。在夏日和朋友來海邊度假，真是謳歌青春的最佳方式。

料理的味道從四面八方傳來，混雜著海風和月色。

我和草莓牛奶並肩行走。由於她的身材相對嬌小，好幾次都差點被團體的遊客擠散，令我不得不緊緊跟在身旁。

「有什麼想吃的嗎？」

「……如果你想要彰顯自己較為顯著的財力，還請自制。如果我有想要吃的東西會自己買。」草莓牛奶不悅地說。

「妳有想過這只是一個單純的話題嗎？」我無奈反問。

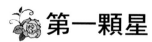

草莓牛奶一怔，低頭說：「抱歉是我太過武斷了。」

「沒關係。」

儘管如此，她仍然沒有說出想吃的東西，只是趁著我去逛紀念品店的時候偷偷跑到隔壁攤販買了一隻烤魷魚。為了讓草莓牛奶瞭解我沒有彰顯財力的意思，所以試圖跟她分一口烤魷魚卻被狠狠瞪了。

嗯……即使相處了這些時間，我仍然搞不懂高中女生在想什麼。

雖然她最後也有分我一隻魷魚腳啦。

將墾丁大街走到盡頭再返回原處，廣場對面多了好幾台販賣披薩的餐車。

草莓牛奶好奇地靠近，然後立刻拉開安全距離，戒慎恐懼地詢問：「在那裡建窯，不會因為高溫讓整台車子燒起來嗎？會爆炸吧？」

「應該不會吧。」

「認真想完在回答我啦！」

「我是標準的文組，這種事情妳應該比較清楚吧。在物理課沒有學過嗎？」

「你倒是告訴我牛頓的三個定律如何應用在這裡。」

「妳沒有學過其他更適合這種情況的定律嗎？」

「舉例來說？」

「嗯……等等，就說了我是文組啊！」

我們吵著無關緊要的事情，倒也無法忍受香味的誘惑，排隊買了一個海鮮口味的披薩。

由於客人眾多的緣故需要等待二十分鐘，我們便移動到對面的廣場。

表演爵士鼓的青年已經離開了，原本擠滿觀眾的場地頓時冷清許多，不遠處的位置多出一家販賣烤派的移動式攤販。攤子雖小，不過外觀設計得相當精緻。

我坐在階梯，看著眼前來來去去的遊客們，然而草莓牛奶卻每隔三分鐘就按捺不住地察看手機，二十分鐘一到的瞬間立刻起身。就算我告訴她排在我們的前面的客人仍然站在車子附近等也不聽，執意要去一探究竟。

放棄爭論的我攤開雙手，放任她自由行動。

這個時候旁邊的桌椅來了三位歐美人士，兩女一男，看起來像是朋友關係，吃著啤酒、炒蝦和薯條，用低沉的英文迅速交談。他們使用的英文帶著獨特腔調，與至今為止在學校或補習班聽見的發音截然不同，宛如另外一種語言。

我嘗試側耳傾聽，卻只勉強聽懂So和Yesterday等單詞，只好無奈放棄。

將視線街道，我忽然想到如果草莓牛奶在身邊，她應該會這麼說吧：炒蝦配薯條？真是詭異的搭配。

「——這不是北極星先生嗎？真是巧遇呢。」

我疑惑地轉移視線，接著看見笑臉盈盈的風依卡。

她穿著白底綠葉的沙灘裙，肩揹方釦背包，左手手腕戴著別有一朵扶桑花的髮圈，是在這條街道隨處可見的裝扮。我雖然感到訝異，不過立刻被難為情所掩蓋，搧搧手說：「拜託饒了我吧，別在外面喊網名，光聽就覺得雞皮疙瘩都起來了。」

「方才我湊巧聽見那位綁馬尾的可愛女生這樣稱呼您，所以內心不禁湧現『難道您是外國人嗎？』的疑惑，原來是網路帳號的使用者名稱……既然您不喜歡，那麼還是按照我們建立許久的默契，稱呼您為客人如何？」

不是很想報出本名、進行自我介紹的我點頭同意。

「我可以坐在這邊嗎？」

「請便。」

風依卡優雅地併攏雙腿，坐在我身旁。

她對著那桌外國人微笑搖手，隨即問：「您的女伴呢？」

「她嫌披薩餐車的製作時間太久，懷疑店員忘掉我們的點單所以不聽勸告執意去當面對峙。」

「既然如此，您不是更應該陪她一起去嗎？」

「她嫌如果和店員吵起的時候我在場只會礙手礙腳、削弱氣勢，所以嚴令要求我待在這邊等她回來。」

「聽起來是位直爽風趣的女孩，有時間還請介紹給我認識。」

只能說風依卡真不愧是服務業的典範，連違心之論的客套話都能夠說得如此流暢。我沒好氣地換了個話題問：「妳怎麼會在這裡？休假？」

「誠如猜測。雖然在店裡的工作相當充實，不過一旦生活陷入固定模式就會降低效率，於是我總會在感到厭煩之前來一場單人的小小旅行。」風依卡說：「您呢？」

「差不多啦，心血來潮的旅行。」

「真不錯呢。」

風依卡淺淺一笑，伸手調整背包的同時若無其事換了個話題。

「您依然在尋找那間據說能夠使用壽命購買任何商品的魔女商店嗎？」

「不是倒閉了？」

「雖然商店本身倒閉了，然而那位魔女依然生活在某處，說不定已經開了另外一間店鋪呢，雖然更為精確的用詞應該是『工房』才對。魔女的工房。」風依卡微笑說：「作為閒聊的話題，如果您不介意，能否跟我說說如果成功見到那位魔女，您打算付出壽命購買什麼物品嗎？」

聞言，我不禁一怔。

自己的壽命所剩無幾，就算運氣好找到魔女的商店仍舊沒辦法購買任何商品，然而向風依卡解釋前因後果太過麻煩，我停頓片刻，露出客套的笑容回答。

「應該是夢想吧。」

「您確定這個是即使犧牲性命也不惜要得到手的物品嗎？」

風依卡的語氣很輕，輕到讓我不禁懷疑這句話只是海風呼嘯而過的幻覺。

儘管如此，我還是這麼回答。

「是的。」

「我瞭解了。在此祝福您能夠找到那位魔女。」

始終保持微笑的風依卡彎起雙眼這麼說，然而我忽然察覺到突兀感，卻在釐清這股情緒之前就被身後逼近的急促腳步聲打斷。

「——總算買到了，這家店的生意未免太好了。」草莓牛奶小心翼翼地捧著大紙盒，難掩嘴角笑容地走到我身旁。我正想介紹風依卡，然而只說了「這位是——」便愕然止聲，因為視野內已經看不到她的身影了。

草莓牛奶抬起俏臉，蹙眉問：「幹嘛欲言又止？」

「……沒事，以為看見了一個熟人。」

「是喔。」

瞬間失去興趣的草莓牛奶再度將注意力轉回手中的紙盒，歪頭提議：「回到剛才那個廣場附近的樓梯吃？」

「到沙灘如何？」

「……你確定不會一片漆黑嗎？」

「記得沙灘附近有個酒吧，樓梯兩側也有路燈，不如說是個氣氛極佳的用餐地點，就算一片漆黑，能夠聽著海浪聲也不錯吧。」我想了想，補充說：「況且今天天氣很好，說不定可以看到流星。」

「可以嗎！但是新聞沒有說最近有流星雨啊！」

「記得國小畢業旅行的時候曾經在這裡看過流星。」

聞言，情緒高漲的草莓牛奶立刻抬頭，完全沒有眨眼地認真凝視深邃夜空，數十秒後蹙眉抱怨：「完全沒有看到，騙人。」

「有點耐心啦，畢竟現在又不是流星雨的季節。」

我們沿著傍晚的路線走回沙灘。能見度比我預想的更低。陽傘都豎起收好，塑膠椅在不遠處疊成好幾堆。

夜空中能夠看見不少璀璨星斗，那是在都市無法看見的景色。

草莓牛奶打從聽見有可能看見流星的時候就一直昂著臉，甚至差點踩空。我只好拉著她的手臂以防萬一。畢竟我可不想再等二十分鐘。

沿著明顯的沙灘車車痕，我們聽著酒吧的輕快旋律走到沙灘與浪潮的邊緣。

夜晚的沙灘比想像中更冷，赤裸的腳底彷彿踩著細碎冰塊，令草莓牛奶發出訝異的可愛悲鳴。

盤腿坐下的我迫不及待打開披薩的紙盒，不料一陣海風猛然襲來，將不少沙塵捲入盒內。雖然因為燈光昏暗而看不清楚，不過表層應該都被覆蓋了。

「……呿，搞什麼啊你。」

「……發生預料之外的情況了。」

草莓牛奶姑且垂直拿起一片披薩，放入嘴巴咀嚼半晌，苦著臉吐出舌頭。

「雖然很好吃，不過都是沙子的口感。」

「……抱歉，是我思慮不周。」

「確實如此。」

雖然我用自己的身體擋住海風，然而紙盒內已經進了不少沙塵，就算現在研究出打開紙盒最佳的角度也於事無補了。

幸好雖然草莓牛奶抱怨連連，倒還是拿起第二塊披薩，珍惜地小口咀嚼。

✣

旅社的房間並非海景房，窗戶只能夠看見一片漆黑的景緻。

雙腳發痠的我躺在床鋪動彈不得，再次體會到大學生和高中生的活力差距。剛才要不是我死命阻止，草莓牛奶甚至想走第三遭的墾丁大街。

年輕真是恐怖。

在床鋪躺了許久，我才猛然坐起身子。

「我先去洗澡吧……還是妳要猜拳決定？比較公平？」

專心玩弄手機的草莓牛奶連頭也沒抬，半舉起右手表示「請隨意」。

我從後背包取出換洗衣物。原本打算直接穿海灘褲，不過考慮片刻還是拿了更加正式的尼龍短褲。

電視機沒有打開，房間只能夠聽見草莓牛奶手機傳來「噗咚、噗咚」的效果音，擦身而過的時候我不經意地從後面瞥了眼螢幕。那是一款以前很流行的益智遊戲，必須在特定步數消除掉規定的方塊，由於運氣因素佔了不少成分，我記得當初下載玩了十多分鐘就刪除了。

踏進浴室，我同時打開電燈和抽風機。頭頂開始發出嗡嗡嗡的聲響。

我擰開水龍頭讓冷水迎面打在臉龐。在後背抹沐浴乳的時候似乎摸到了鹽的結晶，不過放到眼前一看才發現是沙粒。被白色泡沫包圍的深褐色沙粒。

一旦意識到有其他人在等浴室就無法靜下心來好好刷洗，再加上夏天並沒有泡澡的慾望，我稍微淋浴就了事。踏出浴室的時候正好看見草莓牛奶咬牙切齒的表情，不禁嚇了一跳。

「怎、怎麼了？」

「三連敗啦！吵死了！」

草莓牛奶將手機摔到床鋪，拿起早已整齊疊在手邊的衣物和毛巾大步走進浴室。擦身而過的時候甚至偷偷用腳跟踹了我的小腿骨一下。雖然我靈敏地閃開了，不過因此讓小拇指去撞到床角，痛得倒在床鋪之間的走道無法動彈。

草莓牛奶完全沒朝我瞥上一眼，逕自踏入浴室。

我掙扎地爬上床鋪，拿起遙控器轉到一個介紹墨西哥美食的節目，調高音量好掩蓋掉淋浴水聲。

當草莓牛奶洗好的時候，我躺在床鋪，玩弄手機。不曉得是網路問題還是記憶體問題，下載剛才那個益智遊戲的進度條卡在的47％位置動彈不得，就算我關機重試也一樣。

身穿短袖短褲的草莓牛奶走回房間，隨意將換掉的衣服往自己的床鋪扔。

「妳洗得也挺快的。」

我隨口搭話，抬頭瞥了她一眼，接著就無法移開視線了。

只見草莓牛奶的手臂和大腿內側布滿烏黑瘀青，甚至有被煙頭燙過的傷疤。那瞬間腦袋一片空白，我只能夠吶吶地張嘴發愣。

「這個啊……剛才也想過要不要繼續穿長袖，不過忍耐一天已經受不了了。真是低估了南方的熱度。」

蹲在後背包收拾髒衣服的草莓牛奶試圖使用輕描淡寫的語氣，然而相當失敗。

我沉默數秒，低聲詢問：「被誰打的？」

「這個問題很重要嗎？」

聞言，我無法繼續追問。

房間頓時被沉默籠罩。片刻，草莓牛奶站起身子，用掌心摩娑著手臂，開始在電視機和床鋪之間的空間繞圈打轉，最後強忍著什麼似的坐回床沿，抿起嘴脣。

「吶，你相信人一生獲得幸福和不幸最終會互相抵消的這種說法嗎？」

雖然不想深入討論這個話題，然而我依然開始思索她這麼問的真意。

「硬要區分的話……應該算相信吧。」

畢竟我的童年過得相當幸福而現在卻罹患絕症，正好互相抵消。符合理論。

「妳呢？」我反問。

「只有獲得過幸福的人才覺得會抵消。厄運這種東西會接連不絕地出現。好幾次、好幾次都覺得已經悲慘到不能再更悲慘了，然而就像被惡意捉弄似的，很快就會發生更加悲慘的事情。」

草莓牛奶呼吸急促地吐息。放在膝蓋的雙手握得死緊，毫無血色。

我想要阻止草莓牛奶說下去，然而聲音卻卡在齒縫。

「雖然早就已經離婚了，然而那傢伙依舊三不五時地跑來向母親要錢，儘管我都說了別給錢，母親卻始終狠不下心腸拒絕，讓這種混帳事情不停重複，然而倘若我的態度稍微強勢，反而會令母親開始哭泣……面對這種惡劣到極點的垃圾關係，你告訴我，究竟該如何才能夠有個了斷？」

身為較為年長的人，這種時候有責任出聲安慰，然而我卻只是陷入沉默，腦海甚至閃過「是呢，既然如此乾脆一死了之更加輕鬆」的念頭。

儘管我拚命甩頭，然而那個念頭卻如影隨形地揮之不去。

最後，實在無法繼續保持沉默的我決定說些言不及義的內容打散這股氣氛的時候草莓牛奶卻率先開口了。

「抱歉，這種事情就算問你也無可奈何，還請當作沒有聽過。」

「……嗯。」

明明有無數種回答，我偏偏選了最差勁的選項。

意識到這點，我苦笑卻仍舊沒有更改答案的念頭。

這件事情從根本而言，我無能為力，沒有任何能夠辦到的事情。

我或許可以侃侃而談從別處聽來的大道理；或許可以列舉那些網路媒體的例子作為安慰；或許可以用毫無根據的開朗態度述說精神論，說著「只要不放棄，遲早可以獲得幸福」，然而那些都毫無意義。誠如草莓牛奶所言，這個世界殘酷且悲慘，差勁惡劣的事情比比皆是，更甚者，完全看不見谷底。當我們認定某件遭遇爛到無以復加的地步之後，旋即又會發生更加慘絕人寰、毫無道理的事情。

追根究柢，無法代替草莓牛奶改變現狀的我，所說的內容不過是空談。

我站在安全的一側透過厚重的玻璃窗俯視草莓牛奶，因此我的聲音絕對不可能傳過去，甚至會被當作憐憫、同情和施捨……既然如此，我該怎麼做才能夠讓自己的話語傳達給眼前強忍淚水的少女？答案其實相當簡單，只要站到她那一側就行了。

所以我這麼開口：「那些事情無所謂吧，反正我們都要死了。」

草莓牛奶一愣，隨即露出我所見過最為燦爛的笑容。

「你真是我這輩子見過最混帳的人渣，不，或許無法贏過那個爛人，不過也是爛到極點了。」

我聳聳肩，無言接受這份評價。

「──吶，陪我去看海……好嗎？」

雖然不久前才剛從沙灘回來，不過我沒有說什麼，拿起手機、錢包和房間鑰匙，搶先走到門邊替草莓牛奶打開房門。

草莓牛奶輕輕頷首，穿著短袖和短褲踏出房間。

即使時間接近深夜，墾丁大街的人潮仍舊絡繹不絕，甚至因為酒精、月色和晚風的緣故，反而越發熱鬧。情侶們手拉著手，親暱地彼此依偎。

離開房間後隨即受到如此熱烈的溫度差洗禮，我有種剛才的對話互動全部都是夢境的錯覺，不過並非如此，至少牽住自己右手的手是確實存在的。

緊緊挨著我的草莓牛奶垂首用眼角觀察四周，不時用空著的手抱在胸前或抓住肩膀。

我們兩人大步穿越熙攘熱鬧的人潮，再度抵達沙灘。

酒吧已經熄燈，路燈的光只能夠勉強照亮連接沙灘和道路的木造階梯。

視野漆黑一片，甚至無法分辨沙灘和海水的交界。數對情侶零散坐在沙灘，藉由手機螢幕的微弱燈光彼此依偎。

「……有種來到不同海灘的感覺。」草莓牛奶喃喃自語。

深夜的大海無比深邃，只能夠聽見海浪捲走沙粒的窸窣聲響。

從赤裸腳底滲入的冰冷使得彼此掌心的溫度更加明顯。我們戒慎恐懼地緩緩踏出腳步，一步、一步又一步，宛如在進行某種莊嚴肅穆的宗教儀式，直到草莓牛奶輕輕握緊了一下牽著的手，我才悄然停止。

凜然挺直脊背凝視海面的草莓牛奶哭了，不過我假裝沒有看見，轉而抬頭尋找流星的痕跡。然而在別開眼神的瞬間，我覺得滑落臉頰的淚珠很美。

這個時候我再次意識到草莓牛奶只是一位十六歲的高中少女。手腕纖細，老愛繃緊俏臉，表面裝得堅強其實意外愛哭，什麼事情都深埋內心不肯告訴其他人，青澀、懵懂且天真，然而她還年輕，並且擁有健康的身體。

這樣就夠了。

無論她過去十六年來有過什麼悲傷、淒慘、哀痛欲絕的往事，在未來更多次的十六年應該有機會彌補，讓快樂逐漸累積直到超過悲傷。

為什麼她會想要自殺？我實在無法明白。

白鯨

隔天我起床的時候，一時之間沒有想到自己正在旅行，伸手在床邊摸索數下，沒有發現手機之後才頂著昏沉沉的腦袋坐起身子。

冷氣機嗡嗡作響。透過大片窗戶，我可以看見湛藍的天空以及白到讓人覺得不真實的雲絮。今天同樣是個耀眼無雲的晴天。

坐起身子的同時視野隨之放得更遠，天空在遠端和海洋連成一線，接著注意到有兩個三角形飯糰整齊地擺在床鋪矮桌的台燈旁邊。

似乎很早就醒的草莓牛奶坐在床沿，露出縹緲的眼神凝視窗外。

「——早安。」

聽見我的聲音，草莓牛奶只是小幅度地點頭，「嗯」了一聲作為回答。

我拖著腳步走進浴室盥洗，將冷水潑到臉上的時候總算令腦袋稍微清醒。在水滴的放大效果下，我注意到洗臉台邊緣有著粉紅色的紋路和一支純白色的牙刷。

默默盯著牙刷看了好幾秒，我遲來地想起昨天在沙灘待到很晚才回旅舍房間，進門後直接倒頭就睡，忘記刷牙了。

姑且拿起另一支尚未拆封的牙刷，用牙齒咬開塑膠袋後胡亂刷了幾下了事。再度回到房間的我坐在床沿，好半晌才注意到違和感何在。

「為什麼會有飯糰？」

「剛剛順路買的。」草莓牛奶說：「姑且你也出了車錢和住宿費，雖然不成比例，想了想還是要做點表示比較好。」

「喔，謝謝。」

我坦率接受這個好意，不過剛起床實在沒有食慾，喝了礦泉水潤喉之後依序撕開飯糰的塑膠包裝，小口咬下海苔和白米飯。口味是最普通的肉鬆。太好了，畢竟我唯一無法接受的飯糰餡料就是鮪魚美乃滋。

「你知道嗎？睡覺的時候依然有種站在海邊的感覺。」

「啊……妳說腳踝被海浪來回拍打的感覺對吧？那個的確很奇妙。」

「我昨天用手機找了好久的資料，然而不曉得是不是搜尋引擎有問題，一直找不到為什麼會出現那種感覺。」

「妳的關鍵字打什麼？」

「嗯？『為什麼站在沙灘讓海浪沖腳之後晚上睡覺的時候會覺得沙子在後退』，大概這樣吧。」

「……我覺得那樣肯定找不到答案。」

「所以之後我有將『沙子』換成『地板』或『腳底』，不過仍然沒有看見有科學根據的解答。會不會根本沒有人研究過相關理論啊？」

我嚥下最後一口飯糰。似乎有海苔卡在牙縫，用舌尖蹭了好幾次都弄不掉。

「對了，妳剛才出去做什麼？」

「到沙灘看日出。」

「……嗯？」我晚了數秒才注意到現在時間，在內心粗略計算，草莓牛奶至少在兩個小時前就起床了，不禁感嘆：「妳還真喜歡看海。」

「又沒什麼不好。」

草莓牛奶噘起嘴，掩飾害羞地別開臉，隨即將桌面的另一個飯糰抓起來扔給我。原本以為飯糰的分配是一人一個，不過草莓牛奶表示自己早餐不吃固體食物，為了不要辜負她的好意，我只好努力塞下第二個飯糰。

等到感覺喉嚨也塞滿飯粒的我解決了早餐，手機將電量充到80％以上的同時，草莓牛奶也收拾好了行李。身穿薄長袖的她坐在背包旁邊，面無表情地問：「今天要幹嘛？」

喝口水滋潤乾澀的喉嚨，我雙手插腰地站在床鋪，朗聲宣布：「今天的行程是水族館喔！」

「……魚有什麼好看的，又不能吃。我在沙灘看海就行了。」

「門票都買好了耶！」

「那是你擅自買的吧！所以就說這種連商量都沒有的驚喜最討厭了！」

草莓牛奶以此作為開端，再次開始大肆痛罵，話題從「自以為是的驚喜所帶來的麻煩」、「自我滿足」、「騎車速度忽快忽慢」、「無法掌握超車時機」、「睡覺會磨牙很吵」、「完全不懂得安慰別人」到「表情很呆」這種人身攻擊。總覺得後段的謾罵已經和主旨毫無關係了，然而試圖反駁只會火上澆油，無從選擇的我不得不閉嘴聆聽。

好不容易等到喘息的空檔，我總算找到機會柔性勸說。許久之後，雖然草莓牛奶仍舊臭著俏臉，不過至少願意坐上機車後座了。真是謝天謝地。

「那麼我們出發囉！」

我精神十足的宣言只得到草莓牛奶的白眼。

北上的路程沿著山壁前進，隔著分隔島與來往車輛，即使草莓牛奶想盡辦法探起身子仍舊很難將海洋盡收眼底，因此情緒變得極差，就算我努力開啟聊天的新話題，大多只會收到「哼」、「隨便啦」和「是喔」作為答覆，最後耐性盡失的草莓牛奶甚至用指腹擰扭我的小腹，讓車頭差點偏掉自撞山壁。

徹底被嚇到的我們從這個時候就開始安全駕駛，時速始終不超過四十，草莓牛奶也好好地抱緊我的腰部不再亂動。

沒有由來地，我忽然覺得抱在自己腰間的雙手相當纖細。

數小時後，為了時間方面略早的午餐，我們在恆春小鎮短暫停留。

商店街鋪設著地磚，兩側是工藝品店和餐廳，盡頭通往一間宮廟，其中也有不少普通住家。遊客成群結隊，然而似乎都有特定目標，筆直穿過這條商店街。

草莓牛奶的興致明顯低落，看來比起人文古蹟她更喜歡看海。

我們信步走在老街，途中也繞去欣賞著名地標的城門，不過興致缺缺的草莓牛奶隨意用手機拍了幾張照片後就躲到陰影處用眼神不停給我壓力。

按照原本的計畫，我們打算去吃一家網路評價很有名的牛肉麵，然而熱到沒有食慾的草莓牛奶聽見「牛肉麵」的瞬間就垮下臉，不停用腳踢著我的小腿坦率地表示反對，最後我只好先去吃冰品讓她降溫。

再度利用無遠弗屆的網路，我找到一家販賣恆春著名冰品的店家。

聽見吃冰兩個字總算令草莓牛奶的威壓轉弱，然而當她看見綠豆蒜的瞬間，期待的表情頓時整個垮了下來。

「這是什麼？鼻涕？」

「給我向所有的店家老闆和支持者鄭重道歉！」

草莓牛奶用湯匙舀起綠豆和碎冰，放到鼻子前面嗅了嗅之後做出結論：「不就是和蚵仔煎是同一個系統的料理，差別在於一鹹一甜。順帶說明，我也覺得蚵仔煎很像鼻涕。」

「從原料方面來看應該有共通之處啦。」我不得不承認，隨即意識到這個話題實在不適合在用餐時討論，皺眉詢問：「確定要繼續討論這個話題嗎？」

作為回答，草莓牛奶將自己的瓷碗向前推。

「我的份給你，不用客氣。」

本來就是用我的錢買的，這個時候使用「不用客氣」這個詞彙有點奇怪吧？不過我並沒有糾正草莓牛奶用詞遣字的意願，默默地挖著湯匙。總覺得和草莓牛奶一起用餐的時候都得吃上兩人份。

離開恆春小鎮之後，我們繼續前往水族館。

由於途中漏看了指標往前騎了好幾公里才驚覺不對勁，開啟手機的衛星導航原路折返，多花費了不少時間。

支付二十元的停車費，我按照柏油路的箭頭慢速繞行，停在停車場。

「太扯了，這種見鬼的熱度是怎麼回事。」

半瞇著眼的草莓牛奶一落地就大肆抱怨。直接摘下安全帽，拉住領口前後搧風。

「這種晴天才有待在墾丁的感覺嘛。」

我踩起機車中柱，將兩頂安全帽分別掛在倒鉤。

「這裡早就不是墾丁了。」

草莓牛奶精準地指謫。這次算她得一分。

似乎嫌我走得太慢，草莓牛奶用幾乎扯掉我的手腕的力道大步走向售票處。

分別拿出高中和大學的學生證，我們通過剪票口之後便看見巨大鯨魚的戲水廣場。好幾名小蘿蔔頭穿著濕透的衣服在水中移動，不時發出尖叫。家長們則是坐在不遠處的陽傘區域，一邊用扇子搧風一邊查看手機。

真是準備充足，早知道我也買柄扇子了。

草莓牛奶用極為冷淡的眼神瞪著尖叫連連的孩子們，不過就我看來，這個應該是她掩飾羨慕的表情。

「要去玩水嗎？」

我提議完的瞬間，草莓牛奶頓時狠狠瞪向我，眼神之凶狠簡直像是我說了某種無法饒恕的發言。

「要去玩水嗎？」我毫不氣餒地重複。

「……才不要。」草莓牛奶被激怒似的迅速回答。如果她是貓科動物，應該早就將全身的毛皮都豎直了。

「我絕對不會去玩水。」

「好吧，瞭解。」

達成共識的我們繼續前進，很快就抵達館內。

「太好了，有冷氣。」

看來草莓牛奶此刻對於身處場所的條件已經降到最低標準了，雖然我也同意冷氣果真是人類最偉大的發明。

默默無語地在大廳呆站了好一會兒，等到我們兩人都恢復精神之後才向前移動。上次來訪已經是國小的時候，不過倒是和記憶中相去無幾，越是往前走就湧現越多熟悉感。

由於分別有三個主要展館，我聽從草莓牛奶的建議從最遠的展館往回逛。

經過販賣熱狗、炸物和冰淇淋的商店，草莓牛奶低聲抱怨：「真是不良的設計，走過去的時候就可以看見其他館內的擺設了，至少規劃一條不必折返的弧形道路。」

「隔著牆壁根本什麼都看不到吧。」

「你不懂啦。」

「確實不懂。」

「話說回來，企鵝的館在哪裡？我想放在最後才看。」

「沒有企鵝吧，這裡是水族館耶。」

「企鵝會游泳啊。」

我和草莓牛奶同時停下腳步，在臨著沙地的欄杆旁邊彼此對望。

「……你沒有騙我嗎？」

「要看企鵝應該要去動物園吧。」

「為什麼！企鵝會游泳啊！」

草莓牛奶死命抓著這個論點不放。為什麼企鵝會在動物園而不在水族館？對此我也無法說出個所以然，就算以「企鵝用肺呼吸」為論點反駁也只會得到草莓牛奶「鯨魚、海豚也是用肺呼吸還不是住在水族館」的凌厲反擊。

爭執不下的結果，我們只好再度繞回門口的服務台，仔細察看每本導覽手冊和活動公告。

「——看吧！果然有企鵝！」

草莓牛奶得意指著小冊子上面「企鵝餵食解說」的標題，咧嘴昂起俏臉。

「……我還是沒印象曾經在這裡見過企鵝。」

「單純因為你的記憶力很糟糕吧。」

了卻一件疑問，我們再度前往展館。由於館內的路線都是一致的單行道，我們不必費神思考該如何安排先逛哪個區域，只要順著指示前進即可。

我們一一瀏覽過每個水槽，偶爾看看說明板，對於悠然游動的魚類發表評論。不過隨即發覺魚類看起來都差不多，反而是螃蟹、珊瑚、海帶等水中生物比較有話聊。

草莓牛奶的反應和昨晚如出一轍，不管什麼生物都會認真凝視，讓我無法明確知道她是否喜歡水族館，不過至少她的眉間沒有蹙緊，應該不至於討厭。

我們始終維持一定的緩慢速度前進，途中在館內的鐵製長椅待了半個小時才等到觸摸區的開放時間。

草莓牛奶用無比嚴肅的神情緩緩伸出右手食指，小心翼翼地戳著海參。

真虧她第一個就挑那種外觀的海洋生物，勇氣可嘉。在一旁揉捏海星的我如是想。

雖然表情基本上都沒有變化，不過草莓牛奶似乎挺喜歡這個互動區域，按照順序將所有的生物都摸過兩輪。不得不說，看著她按捺興奮、排隊在好幾位國小孩子身後準備摸海膽的模樣其實挺有趣的。

之後我們來到一個打造成沉船模樣的區域，讓遊客能夠從各種角度觀察巨型水槽。第一個位置即是兩隻白鯨，牠們應該是熱門的海洋生物，遊客大多都停在通道兩側，等待白鯨游過的時候拍照。

草莓牛奶看似隨意地舉起手機自拍，下一秒白鯨隨即游過身後。時機掌握得天衣無縫到令我大感佩服。

確認照片拍得很成功之後，草莓牛奶隨即昂起小臉，在原地緩緩轉動身子好讓視線追逐白鯨游動的軌跡。我稍微挪動腳步站到她身旁。

「如何？」

「很像害羞鯊。」

「那啥……喔，妳常用的那個貼圖嗎？原來還有名字。」

「你竟然不知道害羞鯊嗎！」

草莓牛奶猛然瞪大眼睛，擺出活像是我這輩子都白活的不屑表情。她迅速在手機螢幕滑動，開啟搜尋引擎，然後將佔滿整面螢幕的Q版圓滾滾鯊魚貼到我的面前。

「……喔。」

「呿，對啦對啦，大家都是這種反應啦。算了，全世界只要有我瞭解害羞鯊的可愛之處就行了，你們這群沒眼光的混帳就繼續誇獎那些沒有內涵只有外表稍微漂亮一點的庸俗吉祥物吧。」草莓牛奶惱怒地收起手機。

首次見到草莓牛奶如此憤世忌俗的模樣，我頗感新鮮地凝視著她噘起的嘴唇。

離開白鯨的區域之後，我們前往館內附設的餐廳小歇片刻。

餐廳相當寬敞，可以想見是專門設計為招待畢業旅行的學生，不過此刻幾乎沒有客人，只有一對帶著嬰兒的夫妻和兩名年老的夫妻。冷清得令人苦笑。

我們的位置正好可以眺望海景。雖然必須越過一整片的草皮、提防和沙灘，不過終究是海景。

草莓牛奶第一次看見點餐牌，好奇地研究結構。

我打發時間地瀏覽從服務台拿來的館內簡介，隨口說：「我們似乎錯過了餵食秀。」

「無所謂，我沒有特別想看那些魚吃飯的過程。」

「這麼說來，聽說外國有不少海豚會在表演途中自殺，像是刻意撞擊欄杆或是直接放棄呼吸沉到水底。記得看過不少類似的新聞。」

「動物也會自殺嗎？」

「當然。」我想了想，補充說：「和集體自殺的旅鼠不同，而是明確知道自己正在做什麼、這麼做會導致何種後果的自殺行為。」

對此，草莓牛奶嗤之以鼻。

「你又不是海豚，怎麼可能知道海豚在想什麼。」

「難得的假期，我們還是別在如此高深的哲學辯論上面花費時間比較好，換個適合現在的話題吧。妳最喜歡的三種海洋生物是什麼。」

本來以為會收到不耐煩的白眼，不料草莓牛奶微微頷首，認真沉思後回答：「海豚、企鵝和海參。目前為止是這樣。」

「哺乳類、鳥類和棘皮動物，感覺沒有什麼共通點耶。」

「又沒關係。」

「說起來，海參遇到危險的時候會吐出內臟對吧，感覺比壁虎那種自斷尾巴更厲害。」

草莓牛奶露出不相信的神情開始敲打手機，好半晌才詫異地瞪著螢幕。

「如何，我沒有騙妳吧。」

「……這種雜學究竟是從哪裡學到的？」

「電視的動物節目吧，大概啦。」

「這邊還寫著海參也叫做『海鼠』耶。為什麼？完全不像老鼠啊。」

「誰知道。」我聳聳肩說：「不過陸地上有的動物幾乎都有海洋的版本吧，像是海豚、海豹、海獅、海兔、海象、海牛和海馬。」

「真的耶。」草莓牛奶開始思考有沒有其他沒有被提到的生物，接著點餐牌邊緣忽然泛起紅光，發出震動。嚇得草莓牛奶不禁鬆手。

見狀，我不禁笑出聲音來。

草莓牛奶瞪了我一眼，走去櫃檯將餐點端了回來。炸雞和薯條。雖然是與水族館完全無關的餐點，不過比起咖哩飯或排骨湯麵，選擇炸物比較不會踩到地雷。

草莓牛奶按照固定頻率將薯條放入口中，眨眼間就掃空了塑膠籃。

休息過後，我們前往最後一個展館。這裡沒有白鯨、觸摸區或巨型水槽等特殊的區域，只是用水族箱似的水槽展示著各種魚類。或許是累了的緣故，草莓牛奶漫不經心地瀏覽過每個水槽，不過倒是在水母的水槽駐足許久。

本趟水族館之旅用水母結尾似乎也不錯。

其後，我們在最後一站的土產商店停留。

草莓牛奶眉頭深鎖地輪流端詳每種海洋生物的布偶，結束之後不悅地扭頭問：「為什麼沒有水母？」

「布料很難做出那種輕飄飄的感覺吧。」

我隨口敷衍，同時暗忖看來她最喜歡的海洋生物是水母。

「那麼為什麼你也在布偶區？你也要買嗎？」

「布偶挺可愛的不是嗎？我每次出去玩也習慣買隻回去當作紀念。」

「……所以你房間全部都是布偶嗎？真誇張。」

「嗯？什麼意思？」

「沒什麼啦！」

草莓牛奶忿忿地低罵，逕自走到吊飾的區域。

又踩到地雷了。我無奈聳肩，在心底默數到數字的120之後左手抓著海龜、右手抓著鯨魚地走到草莓牛奶身旁。

「妳覺得哪隻比較好？」

「隨便啦。」草莓牛奶說完之後忽然蹙眉補充：「總之絕對不要跟我是成對的，那樣很噁心。」

「這種事情當然是先選先贏。」

聞言，草莓牛奶大步走回布偶區，然而始終猶豫不決，就算毅然拿起鯨魚的布偶，左看右看之後又遲疑地放回原處，然後拿起海豚的布偶上演相同戲碼。

站在身後看著草莓牛奶將所有的布偶都拿起來一次，然後打算從頭再來一次的時候，半強硬拿起白鯨的布偶塞給她，然後抓起自己要的海龜布偶走向櫃台。

草莓牛奶將白鯨布偶緊緊抱在胸前，即使店員小姐說要用塑膠袋裝著也搖頭拒絕。模樣雀躍得宛如第一次拿到禮物的孩子。

踏出水族館的時候暑氣迎面襲來，讓我湧現乾脆待到閉館時間的念頭。

這段時間，草莓牛奶露出悵然若失的表情，一路上出奇安靜。

花費數個小時，我們騎到高雄還車，隨後在一家位於巷弄的麵店解決晚餐。

由於在水族館花費的時間比預估更久，為了能夠在半夜前回家，回程只好改而搭乘高鐵。

草莓牛奶本來相當期待，甚至跑到月台盡頭拍攝照片，不過坐到座位之後像是斷電一樣直接昏睡，微微張開嘴發出鼾聲。

第四章

人生之所以美好，在於其殘酷

貼圖

兩天一夜的小旅行眨眼間就結束了。

回到從小生長的熟悉城鎮，我卻反而感到疏離，就像透過照片去認識某座城鎮一樣不真實。

昨天送草莓牛奶回到她家之後，我只覺得累積的疲勞一瞬間湧了上來，幾乎沒有如何回到宿舍的記憶。半夢半醒之中，手機傳來提示音。

我用迷濛的雙眼看了好一會兒才發現自己收到了作為禮物的貼圖。

按下確定之後等待三秒，果不其然，是Q版的鯊魚貼圖。雖然我怎麼看都不認為這隻鯊魚正在害羞，反倒像是準備享用一頓美味晚餐的表情，殺氣十足。不過的確比一開始看見的時候更加順眼。

原本想要找人炫耀自己的新貼圖，然而翻遍了好友欄位之後才發現自己沒有能夠互洗貼圖的友人，最後只好挑選一個寫有「Thanks」的害羞鯊貼圖傳給草莓牛奶。

那天直到再次睡著為止，我不時注意手機，然而草莓牛奶並沒有回傳不耐煩的貼圖，左下角甚至沒有顯示「已讀」字樣。

✣

隔天起床的時候，精神異常清爽。

手機時間顯示已經超過中午。我似乎很久不曾一口氣睡超過十個小時了。

昨天晚上的對話依然沒有顯示「已讀」的字樣。

按照往常的經驗，這個時候我應該已經坐在公園的長椅或風依卡的店裡了，然而今天有種特別的預感，告訴自己別去公園。我也覺得草莓牛奶不會出現在那裡。

踏出宿舍的時候可以發現涼爽不少，然而仍舊是令街景產生搖晃的溫度，在街道四處亂晃顯然不是個好主意。我在公車思索片刻，隨即決定前往大學。

明明是暑假期間卻反倒覺得比起平時更加熱鬧，校園各處都是正在進行社團活動的學生。儘管艷陽高照，操場和球場仍然塞滿練習的人們。等到九月來臨，校園內想必會充滿新生，更加生氣勃勃吧。

我大步經過水珠造型的雕像和印著巨大校徽的布條，走入被學生們稱為「社辦街」的走廊。

由於教室不足的緣故，數個社團必須共用教室作為社辦。我所屬的社團向來被分配到進門第一個的區域，缺乏隱蔽性，不過也正因為如此我才能夠從走廊偷偷觀察在場的社員們。

粗略一掃有將近十人，不過沒有看見前女友的身影。我輕輕吁口氣，擺出笑容放心地踏入其中。一邊應付其他人的調侃與揶揄一邊吃著擺在桌面不曉得誰買來的魷魚絲，我順利待在角落的位置，成為社團的一部分。不起眼的一部分。聽著某位學長考上了律師執照；某位學姊跑去歐洲遊學而學校似乎不打算續聘某位教授，乍聽之下挺有趣然而實際而言對我無關緊要的事情。

隔壁社團分別是到偏遠鄉鎮進行志工活動的服務性社團和桌遊社。前者正在討論要說給小孩子聽的故事內容，後者則是正在打牌，無論何者，都比我們這個只在閒聊的社團更有進展。

桌面放著一本塗鴉本，封面是手繪的兔子。

那是某名畢業學姊的提議。如果來社辦的時候沒有其他社員在場，多少可以寫點留言打發時間，偶爾有需要投票的重大事情也會寫在本子裡面。

「——所以說了應該要率先行動啊！正所謂兵貴神速！」

不曉得誰這麼說。我完全聽不懂內容，然而刻意拉長的語尾令人感到不耐煩。

這個時候手機響了，我一面低頭道歉一面從兩名社員身後走過，回到走廊的時候才滑動通話鍵。

「請問是柳宗燁先生嗎？」

那是有些低沉的女聲。

許久不曾聽見自己的本名，我一瞬間反而覺得很陌生，停頓半秒才回答：「是的，我是。請問哪裡找？」

「不好意思，這邊是警察局。」

「……是的？」我更加疑惑地說。

「請問你認識一位叫做李坤衡的先生嗎？」

「抱歉，我是第一次聽見這個名字。」

「那麼請問您認識李芳瑀嗎？」

「我也是第一次聽見這個名字。」

對話那端停頓片刻，說出一間醫院的名稱，簡略解釋情況，然後告知李芳瑀的手機只有我的電話號碼，希望我能夠到現場進行協助。

我沒有回到社團教室，而是直接跑過整條走廊。

✣

——草莓牛奶的父親被人用鈍器毆打頭部，如今意識不清地待在醫院的加護病房，尚未脫離險境。

打從得知自己的病狀之後我從未踏足醫院，甚至連靠近都覺得頭暈噁心，然而此刻並非用那些毫無根據的妄想催眠自己的時候，我用理智強壓下不適感，踏入整潔明亮的大廳。

繞過鋪著草綠色床單的空病床、貼在牆面的孩童畫作和好幾名坐在公共區域看電視的老人，我聽著咳嗽聲和內線鈴聲，繞過一樓，繞過二樓，然後在三樓的走廊看見垂首坐在長椅的草莓牛奶。

她看起來相當虛弱、無力且縹緲，不知為何，手邊放著在水族館買的白鯨布偶。牠的尾巴和牆壁一樣潔白。

「警察呢？」

「……剛才回去了。」

我小心翼翼地坐在身旁。草莓牛奶只是抬眸瞥了我一眼。

「發生什麼事情了？」

「昨天……我回到家之後就發現那個人倒在客廳，地板都是血。房間很安靜，非常安靜，我只能聽見自己的呼吸聲。」

「嗯。」

我不曉得這個時候可以說些什麼，只好垂下視線，緊盯著地板磁磚，接著眼角注意到草莓牛奶口袋上端露出的手機螢幕側邊微微裂開，甚至露出內層的金屬板，不禁詢問：「為什麼會變成這樣？」

順著我的視線，草莓牛奶取出手機，訕然聳肩。

「不曉得在什麼時候掉到地板，似乎又被踩到……總之當我注意到的時候已經變成這樣了。無法開機，裡面的照片也全部消失了。」

「拿去手機店修理看看吧，說不定資料可以救回來。」

「……早就隨便了。」

草莓牛奶鬆手讓手機落到地板。喀啦的聲音在空蕩蕩的走廊迴響。

「其實一瞬間我曾經想過直接離開，假裝什麼都沒有看到。如果那麼做，或許現在就不是在醫院而是在殯儀館了。」

「不，妳不會那麼做。不要說謊了。」

「……我沒有。」

「雖然妳覺得自己沒有，然而妳依然在說謊。」

我平靜重複。

草莓牛奶猛然抬頭，露出受傷野獸似的表情。

注意到騷動的護理人員快步從櫃檯走來，不悅地低聲警告：「請保持安靜。」

「對不起。」我代替我們兩人道歉，然而這個道歉似乎被看穿只是敷衍為之，繃緊臉的護理人員輪流瞪視著我和草莓牛奶，良久才低聲嘟囔，走回櫃檯。

草莓牛奶像是全身的力氣都流失了，癱軟地倚靠著牆壁。

「旅行結束的時候其實我很開心、很高興，老實講連想死的念頭都忘得一乾二淨，然而當我推開家門的時候就看見那個畫面。我被迫想起自己的生活環境，夢醒了。肥皂泡泡破了。我摔回地面。隨便要怎麼說都可以。」

——然後她又變回原本的草莓牛奶了。

我看著草莓牛奶煩躁地不停扭動腳跟，注意到左腳的運動鞋側邊有個小破洞。

醫院的空氣帶著某種獨特味道。小時候我被告知那是消毒水的味道，然而仔細想想消毒水又是什麼味道，我其實從來都沒有搞清楚。

草莓牛奶將手放在白鯨背上，彷彿對待易碎品似的輕柔撫摸。
「——我這樣對嗎？」
「……什麼？」
我猛然回神，呆愣反問。
草莓牛奶不知不覺間移動到身旁。我們彼此挨著，肩膀碰著肩膀，手掌向下交疊。
我聽見一個很輕的聲音。
「除非那個人死了，否則我的未來將一直受到影響，永遠也無法擺脫。」
對此，我絞盡腦汁也找不到反駁的話語。
即使我知道許多這種時候該說、可以說以及必須說的台詞，然而草莓牛奶不可能坦然接受，因此我也沒有白費脣舌重複那些連自己也不相信的大道理的念頭。
「吶，北極星，你就要死了對吧？」
草莓牛奶的表情脆弱無力，以往總是高傲凜然的鳳眼此刻閃漾著淚光。
「在你死掉之前，能夠幫我殺掉那個人嗎？」
「……」
我沒有回答，光是努力不要偏開視線就用盡全力了，接著想到自己此刻的表情或許很恐怖，趕忙亡羊補牢地恢復成面無表情的表情。
見狀，草莓牛奶抿了抿半透明的嘴脣，自行垂下眼簾。

「抱歉，剛才一時無言亂語……請當我沒說過吧。」

這個時候，我隱約知道自己應該攬住她的肩膀，又或者出聲安慰，然而草莓牛奶沒有更進一步的動作，所以我只是繼續保持沉默。

「——雖然你這種地方爛透了，不過也挺不錯的。」

✣

由於草莓牛奶說她不想要一個人待在家裡，所以我只好帶著她回到宿舍。

「真亂。」

這是草莓牛奶對於宿舍房間的第一句評語。雖然按照眉頭深鎖和皺鼻子的表情判斷，她內心的真正評語應該是「好亂好髒好噁心真虧有人能夠住在這種房間」，不過我相當感謝她沒有說出口，同時也覺得她應該去參觀看看其他人的房間，對比之下就會知道我算是愛乾淨的人。當然，如果是在月曆還掛在牆面的時候就更不用提了。

明明以往待在房間只會覺得胸悶，然而多虧了草莓牛奶分散注意力，我能夠維持平心靜氣的情緒。

時間是夜晚九點，對於大學生而言，距離睡覺還有很長一段時間。

草莓牛奶秉持著借宿者的自覺，完全不打擾我，逕自坐在床鋪角落，或是翹著腳，或是單手抱著手臂，不發一語地凝視天花板發呆，然而這樣反而令我感到尷尬。

「……」

「……」

只要我沒有說話，草莓牛奶就不會回答。

尷尬的氣氛徘徊不散。

迫於無奈的我隨便點開免費音樂網站一首以小時為單位的鋼琴ＢＧＭ，將右手移開滑鼠，轉向面無表情瞪著天花板發呆的草莓牛奶。

「那個……我想先決定一下今晚誰睡哪裡的問題。」

我並不介意讓草莓牛奶睡床而自己去睡地板，反正只要有冷氣就沒問題，不過還是覺得先說明清楚比較好。

草莓牛奶用極度緩慢的動作低頭，理所當然地開口。

「你的宿舍，你的床，當然是你睡。」

「同學，這是單人床。」

「我才不是你同學。」

「……抱歉，那個是我的習慣性稱呼。」我改口說：「芳瑀，這是單人床。」

「更不要叫我的名字！」

「……草莓牛奶，這是單人床。」

沒想到同樣的內容必須重複三次，看來是我低估了草莓牛奶的固執，至於妥協之後的結果，我同樣敵不過草莓牛奶的倔強，達成讓她睡地板而我睡床的結論。

最近高中生的辯論能力真是遠遠超乎我的想像，無論我方提出何種說法都可以在眨眼間想出精闢入理的論點反駁，甚至讓我開始覺得不讓她睡地板真是太過分了。

總而言之，解決床位問題之後氣氛緩和不少。

看著草莓牛奶因為受不了亂糟糟的環境而主動將書桌的雜物排整齊，我遲來想起當初草莓牛奶是如何招待我的，起身學著她的語氣問：「對了，妳會渴嗎？白開水？飲料？」

「隨便。」

「那麼就折衷，飲料兌白開水？」

「別鬧了，一點也不好笑。」

「好啦好啦，記得正好備齊了材料，就做那個吧。」

我打開小冰箱，取出牛奶和打算抹吐司卻因為缺乏吐司而一直放在深處的草莓果醬。相當不信任我的草莓牛奶警戒地靠上前。

「……你知道做法嗎？」

「妳就好好期待吧。」

我說完的瞬間，草莓牛奶搶下一個馬克杯，抽出衛生紙用力擦拭了好幾次之後才還給我。

「先聲明一下，我都有洗杯子。」

「是喔。」
聳聳肩，我斟好八分滿的兩杯牛奶，然後用湯匙挖了一匙草莓果醬分別放入杯中攪拌。
見狀，草莓牛奶不禁垮下臉。眉頭蹙得死緊。
「草莓牛奶是這種飲料嗎？」
「手邊又沒有新鮮草莓，只好用果醬代替。」
「你有在飲料店打過工嗎？」
「不需要打工也知道做法啦。」
「……好甜的感覺。」
「當然，畢竟是全脂牛奶和並非百分百原料的草莓醬。」我疑惑地說：「妳從來沒喝過卻將自己的帳號名稱取叫草莓牛奶？」
「不然你是有吃過北極星喔？」
「嗯，這麼說也……等等，妳的邏輯是不是怪怪的？」
草莓牛奶小心翼翼地喝了一小口，隨即吐出舌頭將馬克杯向外推。
「太甜了。」
「畢竟加了果醬。」
草莓牛奶思索片刻，將一半的內容物倒進我的馬克杯，然後回到床沿坐下，捧著僅剩一半的杯子小口喝著。

我也喝了一口，深深贊同「果然太甜了」的感想。

坐在鋪有棉被的地板，草莓牛奶若有所思地環顧四周。

「房間內似乎沒有太多女性用品。情侶分手之後真的會像漫畫那樣將對方的物品都燒掉嗎？」

「……我反而比較想知道那本漫畫的名稱。」

「好吧，燒掉或許太激烈了。我想說這裡似乎只有垃圾，沒有其他女性用品，分手的時候都還給她了？」

草莓牛奶用腳尖踢開一個空寶特瓶。寶特瓶發出「喀啦」、「喀啦」的聲音向前滾動，撞到牆壁才戛然而止。

「她應該很討厭我吧。」

「為什麼。」

草莓牛奶的語尾並未上揚，讓我無法分辨這是肯定句或疑問句，儘管如此我仍然開始解釋。

「我們交往好一陣子然而始終缺乏實感，應該說我不曉得她願意和我交往的理由，不曉得她究竟看上自己哪一點。雖然每次約會都願意笑著陪同，不過或許她早就覺得我很煩了。」

「這點我倒是深有體會。你的個性偶爾的確會煩到讓人想揍斷鼻梁。」

草莓牛奶不苟言笑地聳肩。

沒有想過她竟然暗中閃過那種衝動，我下意識地撫摸鼻梁，繼續說：「有人說過一見鍾情的情侶最後都會以分手告終，妳覺得呢？一見鍾情的情侶可以長久發展還是日久生情的情侶？」

「你們是一見鍾情喔？」

「應該說只有我是一見鍾情。」

「這種浪漫的形容詞從你口中說出來總覺得虧了。」

「什麼意思？」

「就是你聽到的意思。」

「……真過份耶。」

「況且這點應該因人而異吧。」草莓牛奶做出再公允不過的結論。

確實如此，無從反駁。放棄一見鍾情的話題，我繼續說下去：「而且分手也是用訊息講的。」

「嗯嗯。」

「妳覺得這樣的方式可以接受嗎？」

「簡單又迅速，有何不可？」

原本以為會被狠狠痛罵，沒想到竟然受到肯定。我忽然湧現不協調感。

現在回想起來，我已經有好一段時間沒有想起前女友的事情了。

講著講著，草莓牛奶似乎累了，不知不覺間躺在地板發出淺淺的鼻息。

輕手輕腳地將電燈關掉，我摸黑回到床鋪，讓後腦杓頂著牆壁凝視什麼也看不到的房間。雙眼很快就適應黑暗，讓我能夠分辨衣櫃的輪廓、電腦桌的輪廓和草莓牛奶的輪廓。

草莓牛奶發出夢囈，翻身面向窗邊，睡到月光的位置。她將身子蜷曲成一團，雙手放在胸前，睡得正沉。

我凝視著她半透明的臉蛋和纖瘦得彷彿一折就斷的手腕。

這個瞬間我忽然覺得自己做錯了，無論如何，結束彼此關係這麼重要的事情應該當面向她提起才是，遑論單方面說完就之後刻意避開對方，簡直是最差勁的行為。

必須向她道歉。我被莫名的義務感驅使，用雙手捧住手機，開始敲打出能夠表示歉意的文章，然而大腦卻一片空白，儘管手指不停按著鍵盤卻只能夠寫出不知所云的奇怪內容。

刪刪減減好幾次，總算勉強打出能夠稱為道歉文的內容。

我咬緊臼齒，用力瞪著放在送出鍵上面的拇指指甲。有種酸痛的感覺從牙齒深處向外擴散。深呼吸許多次，最後我按住消除鍵，將花費幾十分鐘打出來的文章澈底刪除。

事到如今的致歉訊息能夠代表什麼？又能夠改變什麼？

忽然有種一切都無所謂的感覺。

我將手機扔到床腳，發出「喀」的微弱聲音。

草莓牛奶猛然一個顫抖，露出半夢半醒的凶狠表情，先是凝視著天花板接著又看向我。

「再睡一會兒吧，距離天亮還很久。」

「吵死了。」

起床氣真重耶。

草莓牛奶在原地前後搖晃了好一陣子，總算露出清醒的眼神。

「為什麼你醒著？」

「睡不著。」

我給出的答案看來無法讓草莓牛奶滿意。她蹙眉緩緩轉動頸部，就像在思索某個艱深問題，最後卻放棄似的嘆息，說出一個毫無關係的話題。

「改天，還想再去一次海邊。」

「是的呢，雖然路途挺遠，不過那種南國的悠哉氣氛很棒。」

「這次要吃到沒有沙子的披薩。」

聞言，我不禁笑了出來。

我們兩人倚靠著彼此的肩膀，輪流說著無法實現的夢想。

不知不覺間有光線從窗戶透入，在地板拉出三角形的光。天空的顏色以秒為單位開始改變，從檀黑、深紫、靛藍、群青逐漸轉變為淡白色。印象中我似乎不曾完整地見識天亮的過程。

我和草莓牛奶並肩站在窗前，凝視一如往常的晴朗天空。

「下次去墾丁的時候再一起看日出吧。」

「我應該爬不起來喔。」

「放心，我會用盡一切手段吵醒你，等著瞧吧。」

「那麼就麻煩妳了。」

無法實現的約定再度增加一項，內心卻意外地感到踏實。

✣

我和草莓牛奶前往熟悉的公園。

沒有什麼目的，只是離開宿舍之後不知不覺就走到這裡了。

我坐在長椅一端而草莓牛奶坐在另一端。就像我們初次見面的時候。

白得令人炫目的積雨雲緩緩地在天空移動，感覺還需要許多時間才會遮蔽住毒辣的陽光。

我其實已經半放棄去尋找魔女的商店了，然而我不曉得草莓牛奶是否也抱持一樣的想法。

當初我們的約定是她付出壽命而我陪她自殺，一旦失去這個約定，我們兩人之間的聯繫將淡薄得幾乎不復存在，畢竟同為Lycoris的樂迷這個關係實在不足以支撐生命的重量。雖然無論如何我都會陪她自殺。

我沒有將這段話說出口，而是期待她心領神會。

在公園長椅無所事事地度過上午時光，我提議找間有冷氣的店解決午餐。草莓牛奶不置可否地聳肩。

就此定案。

於是我領著草莓牛奶前往風依卡的咖啡店。

數分鐘後，草莓牛奶面無表情地蹲在矮樹圍籬旁邊，認真研究那塊被藤蔓覆蓋大半的黃銅立牌，好半晌才嘟囔著「不是英文啊」站起身子。

當我推開玻璃門的時候，風依卡立刻露出完美的招牌笑容迎上前。

「歡迎光臨！兩位是嗎？這邊請！」

「……雖然我這麼說似乎不太好，然而每次我來店裡的時候幾乎都沒有其他客人耶，這樣真的沒問題嗎？」

「我會努力靠意志力撐下去的！」

「這種時候提起精神論完全在為悲劇結尾的插旗吧……」

風依卡似乎聽不懂我的比喻，笑了笑之後領著我們兩人走到靠窗的空桌。

「對了，跟妳介紹一下，這位是草──」

「嗯嗯。」風依卡搖手阻止，微笑說：「現在我的身分是準備點餐的店員，如果要閒聊，請等我送完餐點並且沒有其他客人的時候再說。那麼這個是菜單，順便說明，本店目前正在進行夏日優惠活動！還請參考！」

目送風依卡回到櫃台，草莓牛奶低聲說：「感覺是個怪人。」

「還好啦。」我不置可否地聳肩。

「那麼要點那個……夏日優惠活動嗎？」草莓牛奶瞪著完全沒有附上照片或說明、只有手寫文字的菜單，半晌才說：「雖然說是特價，然而我算了一下，這些餐點分開單點反而更便宜耶。」

「大概是計算錯誤吧，店長偶爾會犯類似的迷糊，上次她應該找我三十元卻給了九十。」我用指尖碰了碰桌面的多肉植物盆栽，隨口提醒：「對了，給妳一個建議，絕對不要在這間店點飯類或麵類的料理，否則後果自負。」

「……既然如此你還帶我來這裡吃午餐？故意找麻煩嗎？」

「三明治類的勉強不錯啦。」

「勉強算什麼意思啦。」草莓牛奶拉下臉，從新開始認真瀏覽菜單，半晌才悶悶地說：

「冰奶茶就好。」

「明智的選擇。不好意思，我們要兩杯冰奶茶。」

「收到了！還請稍待片刻！」

風依卡精神十足地高喊，轉身踏入櫃檯內側，不多時就用托盤端著兩杯冰奶茶和一份三明治來到我們身旁，先是十足服務生風範地將杯墊、玻璃杯和瓷盤放到我和草莓牛奶面前，接著態度丕變，唰地將托盤射回櫃檯坐到我們對面的座位。

「來聊天吧。對了，三明治是免費贈送的。」

「……這間咖啡店真的沒問題嗎？經營方面。」

「客人您不需要擔心這點啦。」

風依卡露出燦爛的笑容，擺擺手。

草莓牛奶貌似很在意消失在櫃台角落的托盤，探頭投以視線。

風依卡開始說起整理庭院的話題。想要將那塊空地整理起來種植香草，不過雜草長得太過茂盛，昨天拔完一塊區域今天起床就發現又被占領了。未免太誇張了。聽見我這麼說，風依卡柳眉直豎地前傾身子，大喊：「是真的啦！」

這段時間，草莓牛奶將雙手墊在屁股下方，叼著吸管不發一語，似乎在聽我們的談話卻似乎也像在發呆。

咬了一口的三明治橫倒在瓷盤中央。

偶爾會有微風吹進店裡，將掛在窗沿的海豚造型風鈴搖得叮噹作響。

「墾丁的紀念品。」

注意到我的視線，風依卡這麼說，然後悄悄地在脣前豎起食指。

離開咖啡店的時候，我笑著說：

「如何？是個挺有趣的人對吧。」

「是個怪人。」

「不過整個下午只有我們一組客人，這間店究竟是如何經營下去的。」

草莓牛奶正要說話，卻忽然蹙眉看向一位迎面走來的女性，繃緊肩膀。

那是一位留著長髮的女性，看起來應該是大學生，穿著V領鏤空麻棉衫和牛仔窄褲，一塵不染的鮮紅色高跟鞋相當顯眼。對方似乎也認出草莓牛奶，露出燦爛的笑容主動上前打招呼。

「好久不見了，沒想到會在這裡遇見妳。」

「妳好。」

草莓牛奶不亢不卑地頷首。

在對方迎上前的同時我後退數步，移動到旁邊的騎樓陰影。

我首次見到這樣的草莓牛奶。

雖然冷淡，然而不會讓人覺得被拒於千里之外，比起那個毒舌、有話直說並且完全不留情面的草莓牛奶簡直是截然不同的人。

兩人寒暄許久，直到那位女大學生驚覺地看向手腕內側的手錶才率先道別。

「下次找個時間好好聊聊。」

「嗯，有機會的話。再見。」

草莓牛奶搖搖手，目送那名女子隱沒在人群當中才如釋重負地垮下肩膀。

「同班同學？」我故意挑了個錯誤選項。

「以前打工地方的同事。」草莓牛奶的回答相當輕描淡寫。

「妳之前有在打工啊？」

「服務生罷了，畢竟要繳手機和一些生活雜費。」

「哪種類型的？手搖飲料、牛排、義大利麵還是燒烤？」

「囉嗦。」

「那麼為什麼不做了？」

「……在你第一次發訊息給我的隔天就辭職了。」

原來如此，我瞭解了。

反正都要死了，自然沒有繼續工作的意義。

這個話題到此為止。領悟到這個默契，我轉而詢問：「時間挺早的，有其他想要去的地方嗎？」

「那麼我想去Lycoris的活動。」

「咦？有那種活動嗎？」

聞言，草莓牛奶鄙視地皺眉，即使沒有說話我也能夠感受到她「樂團解散之後就不關注其他成員的消息真虧你還有臉自稱粉絲」的視線。

「……他們要重新開始活動了？」

「不曉得。不過這次是私人舉辦的活動。」

「說得也是，官方網站從最後一場演唱會後就不再更新了。」

我們搭乘了數十分鐘的公車，最後在夜幕低垂的時候抵達一個完全沒聽過的終點站。沒有預料到會到外縣市的我忍不住偷偷確認錢包的餘額，看見數張藍色鈔票後才略為寬心。

透過剛才臨陣磨槍蒐集而來的資料，經營這家店鋪的老闆是Lycoris的死忠粉絲……這點從他擁有全套周邊產品以及超過百張的Lycoris光碟就可以推敲一二，畢竟他們一共只出過三張自製光碟。

「所以這場活動的主旨是什麼？會舉辦演唱會嗎？」

「只是把粉絲聚集起來，賣些周邊。」

「是喔。」

「聽說好像也有團員們的私人用品，手寫樂譜或用過的撥片之類的。」

「……慢著，那是犯罪吧。沒有問題嗎？」

「好像是缺錢的時候自己拿來寄賣的，算是半官方的感覺。」

好吧，既然如此也沒話說了。

遠離熱鬧的街區之後街景逐漸變得偏僻，四周的公寓大樓幾乎都沒有透出燈光，腳步聲似乎能夠傳到很遠的地方。持續走了半小時，遵照手機導航的我們停在一棟看起來半倒閉的商業大樓面前。

「應該在這棟大樓的地下室，旁邊那裡是樓梯吧。」

聞言，草莓牛奶開始在口袋翻找，接著取出一枚彼岸花圖案的徽章，別在胸前。

「啊！為什麼妳帶著徽章！」

「因為我是稱職的粉絲。」

草莓牛奶露出壞笑，拉挺T恤向我展示，隨即愉快地走入地下室。

店鋪意外地很有規模，大約有二十坪寬。天花板可以看見裸露的鋼筋，光線柔和的吸頂燈吊掛其中，牆壁貼滿Lycoris的海報，音響更是循環播放著Lycoris的第一張專輯的歌曲《aLIVE》。現在想來，專輯內的歌名有九成都是英文，除此之外，只有一首日文的《飴色ノソラ》和一首中文的《直到再也無法歌唱那天》。

隨著旋律輕輕哼著拍子，草莓牛奶興奮地在櫃台附近走來走去。

我隨意瀏覽著掛滿牆壁的周邊T恤。除了官方販賣的T恤，也有好幾件粉絲自行製作的款式。雖然大多是品味糟糕到極限的款式，不過其中一件彼岸花圖樣的T恤倒是相當不錯。

我將T恤取下衣架，從領口內側翻出商標。款式是S。太小了。翻找了後方的衣服不過卻都沒有相同款式，只好頹然放棄。

雖然網路寫著Lycoris的團員會到場參與活動，不過我們在商店等到了打烊時間仍然沒有見到任何一位團員的身影。

「可惡的假情報。」草莓牛奶憤憤地罵，手邊卻仍然提著一大袋周邊商品。

我們再度回到街道的時候正是都市夜晚最熱鬧的時刻。人群熙攘，在招牌燈光的渲染中漫步前進。

「如果Lycoris就這樣解散真的很可惜。」

草莓牛奶理所當然地混入人群，低聲呢喃。

「是呀。」

「我一直覺得他們是可以正式出道、在幾十萬人面前開演唱會的樂團。」

「至少不應該落得這樣默默無名的結局。」

「不過……大姊已經自殺了，就算他們找到其他吉他手繼續活動，Lycoris 也不再是Lycoris了。」

「嗯。」我應了一聲，沒有接續話題。暗中琢磨多久之後自己會忘記被樂迷暱稱為「大姊」的Lycoris吉他手，又或者這件事情將刻印在內心某處，一輩子也不會被抹消。

棒棒糖

回程途中，我們順路到影碟出租店租了歐美的殭屍影集。

考慮到一集四十分鐘的長度，我們一口氣租了三季。

這樣應該能夠耗掉整晚或一整天的時間吧？

「——連續兩天熬夜？」草莓牛奶用難以置信的語氣喃喃自語，替我推開宿舍的門。

擠入房內的我將兩大袋的便利商店零食放到桌面，隨口回答：「沒什麼不好吧。我也以前和大學同學辦過幾次，整個周末都不睡覺也不出門就只是打遊戲，相當充實。」

「真是墮落。」

「人生有過幾次這樣的經驗也不錯啦。」

「……不用上學嗎？」

「嗯，我們當然會挑剛好星期一沒課的周末舉辦。」

「肯定是騙人的。」

草莓牛奶精準地提出指謫，我則是行使緘默的權利。她不再深究，小心翼翼地將Lycoris的周邊產品放到床鋪旁邊的空紙箱裡面。根據她的說法，那是房間內最乾淨的位置。

我從塑膠袋中取出需要冷藏的物品放入小冰箱，大部分都是氣泡飲料和果汁，只有一罐咖啡。根據草莓牛奶的說法，只要喝一罐就可以撐過整個晚上，無論如何也不會睡著，效果遠遠超越提神飲料。

雖然窗外一片漆黑，不過我仍然拉上窗簾，努力將電腦桌搬到房間中央，把各種電線收到後面，然而將喇叭轉到面對床鋪的方向。

原本半躺在床鋪的草莓牛奶坐起身子，表情毫不掩飾地露出鄙視。

「你傻了啊？這樣怎麼走過去？」

「這樣才可以坐在床緣看螢幕。」我站到床鋪，居高俯視自己的成果，隨口說：「踮腳縮小腹的話可以從邊緣擠過去啦。」

「不可能吧。」

燃起嘗試之心的草莓牛奶努力從牆壁和桌子邊緣的縫隙擠過去。

「記得縮小腹。」

「吵死了！」

草莓牛奶動真格踹了我的小腿脛骨。這次痛到我不禁泛淚。

放棄嘗試的草莓牛奶坐回床沿，開始取出塑膠袋內的飲料食物整齊地擺在床鋪和地板。

「不錯，這樣如果真的有殭屍跑進來多少有個阻礙。」

「蠢斃了。」草莓牛奶停頓片刻，補充說：「如果真的有殭屍進來房間，我就把你扔出去當誘餌。」

對於冷血的夥伴感到一陣沮喪，我開始幫忙擺設飲料。

手邊是無數的飲料和零食，眼前是電腦螢幕和總時數長達二十三小時的殭屍影集。準備相當充分，頓時營造出祕密基地的氣氛，為了追求極致甚至拉緊窗簾，將日光燈都關掉。

電腦螢幕的藍光在身後的牆壁照出兩道巨大黑影。

草莓牛奶一開始還會因為臉部腐爛的殭屍或內臟器官而眉頭深鎖，然而在第三集之後就完全習慣了，即使是傷口特寫也面不改色地緊盯螢幕，反而令偷偷將眼睛閉起來的我感到不好意思。

草莓牛奶抱著一整包洋芋片，保持固定的頻率將之放入口中，喀滋、喀滋、喀滋地咬著，只有在換片的時候才會伸懶腰或者扭動身子。

途中我想要發表評論，然而草莓牛奶凶狠地用一句「還沒看到結局之前都不要討論」讓我將聲音嚥回喉嚨深處。

我們倆或多或少都接連打著哈欠，不過緊湊的劇情還是成功壓過睡意。撐過昏睡期反而令精神異常亢奮的草莓牛奶每到緊張之處就會激動地握緊拳頭。

凌晨兩點五十分。

「——廁所。」草莓牛奶低聲呢喃，拖著腳往前走，隨後被卡在電腦桌邊緣，不悅低罵：「這個擺設不能想點辦法嗎？礙事。」

「那是我能夠想出最適合現在的擺設。」

草莓牛奶發出冷哼，粗魯地撞開電腦桌走出房間，再次回來的時候伸手掩住哈欠，半瞇起眼。

「還是要去睡了？」

「不要，我要看完。」

草莓牛奶小聲卻固執地這麼說。

「……不過要先泡杯泡麵。肚子有點餓了。」

「我房間可沒有那種東西。」

「我知道，所以在便利商店買了。」草莓牛奶探出身子，床鋪的眾多零食中抓起杯麵。

「房間沒有熱水壺，要泡東西必須到外面用電磁爐煮水。」

「真麻煩。」

草莓牛奶抱怨歸抱怨，仍然從櫃子底層取出電磁爐和鐵鍋，咬著杯麵的杯緣打開房門，隨即口齒不清地問：「咬幫你拋嗎？窩有多買。」

「麻煩了。」

「那摸扔一北過來。」

「瞭解。」

我試著模仿棒球投手的動作。杯麵在電腦桌上空劃出一道姣好的弧度，隨即墜落地面。見狀，草莓牛奶頓時露出冷淡至極的眼神，我只好低頭認錯，撿起杯麵跟上。

夏日的深夜有種和冷氣房截然不同的沁涼。四周相當安靜，沒有任何的蟲鳴或人為噪音。方才沉浸於末世未來的影片劇情，現在再次返回現實的時候感受到某種奇妙的情緒。

我靠著洗衣機，看著走道磁磚的裂縫和小小的蜘蛛網。

「說不定外面已經是殭屍橫行的世界了。」

草莓牛奶連回應都懶得給，專注盯著鐵鍋，好半晌才問：「你的室友還醒著？」

「是樓友。」我聳肩糾正：「聽這種點擊滑鼠的節奏大概在打線上遊戲吧，我一年級住學校宿舍的時候也不少人徹夜殺敵，睡著之前都得聽著『噠噠噠噠噠』的滑鼠聲音。」

「別討論這個了，還有好多片呢。」草莓牛奶低聲催促。

「嗯，我也挺在意接下來的發展，雖然我覺得走散的人應該會死啦，不然就是被咬。」

「吵死了。全部看完之前不要討論劇情，也不要胡亂猜測。」

這個時候我們同時聽見「啵啵啵」的聲音。

水滾沸了。

「……喂，你這個鍋子沒有把手，怎麼把水倒進去？」

「……這是個好問題。」

最後我們只好反向思考，直接將兩人份的泡麵和調味料扔進鐵鍋。

草莓牛奶嘟囔著「這樣當初買袋裝麵不就好了」，不過還是用乾淨的抹布捏住鍋緣將鐵鍋端入房內，隨便找幾張顏色鮮豔的傳單紙墊著。我們輪流挾起泡麵放入口中，伴著從螢幕透出的光線、殭屍的呻吟和人們驚慌失措的尖叫怒吼。

✣

晚間九點，草莓牛奶接到一通來自警方的電話。

草莓牛奶的母親主動前往警局自首，由於她詳細說出當時的情況以及藏匿凶器的地點，罪證確鑿。草莓牛奶什麼也沒說，只是面無表情地聆聽，發出「嗯」、「好的」、「我知道了」作為回答，然後結束通話。

電腦螢幕正好停在殭屍被短刀貫穿頭蓋骨的畫面。

我不好意思盯著草莓牛奶，只好盯著螢幕。

即使已經結束通話了我也沒有問，等待草莓牛奶自行開口。

「他們叫我到醫院去一趟，好像有什麼文件要簽，或是要說明什麼的。我沒有聽得很清楚。」

「是嗎。」

我撐住膝蓋起身，將手機和錢包塞入口袋，繞過電腦桌才發現草莓牛奶仍舊坐在床鋪邊緣沒有動作，只好開口催促：「走吧，去醫院了？」

「……等到看完再說。」

「我覺得這種時候不是悠哉看影集的時候。」

「看完再說！」

草莓牛奶用快要哭出來的嗓音大喊。不，她確實哭了。

淚水無聲滑落白皙的臉蛋，咬緊的下唇變得極為慘白，令人不禁懷疑是否下一刻就會滲出鮮血。

我不再多說，點擊滑鼠的右鍵讓影片播放，坐回她的身旁。

這段時間，草莓牛奶一句話都沒有說，只是用肩膀輕輕依靠著我的肩膀。

✥

即使我們將租借的影集全部看完了，草莓牛奶依然堅持不肯離開宿舍。

這段期間手機響過好幾次，最後她乾脆直接關機，筆直盯著螢幕。即使租借的影碟放完最後一片；即使我將電腦關機，她依然只是用空洞的眼神筆直盯著漆黑深邃的螢幕。

我關掉冷氣。

不多時，室內變得悶滯。空氣似乎逐漸往下沉澱。

「走吧。」

「……不要。」

「不管怎麼說，他們都是妳的父母。」

「……是他們擅自要成為我的父母，我才沒求過他們那種事情。」

「別任性了。」

「你都知道他們對我做了什麼，為什麼能夠那麼冷靜地這麼說？」

草莓牛奶難以理解地皺眉。

「你騙了我。」

「……什麼意思？」

我試圖裝傻，不過連我自己都聽得出來相當失敗。

猛然站起身子的草莓牛奶難以自制地揮舞雙臂，高聲怒吼：「你以為自己是誰？有什麼資格高高在上地教訓我？快要死掉很了不起嗎？想要藉此開導我生命的可貴嗎？別開玩笑了！」

「我沒有那麼想。」

我冷靜反駁，然而草莓牛奶並沒有冷靜下來而是揮手將電腦螢幕打落在地。

跌落桌面的電腦螢幕被電線扯住懸在半空中，接著一個停滯，鏗然落地。角落被敲出蛛網的裂痕，發出輕微的迸裂聲響。透明碎片灑了一地。

猛然回神的草莓牛奶大口喘息。瀏海遮住了她的表情。

「手沒有受傷吧？」

我問，卻只得到惡狠狠的眼神作為答覆。

經過許久的時間，草莓牛奶總算低沉地問：「北極星，你究竟想要做什麼？」

事情其實很簡單——我不想死卻得死，然而草莓牛奶想死卻不敢死。

我知道這點，然而卻無法順利回答這個簡單的問題。

「你究竟騙了我什麼？告訴我。」

「我……沒有騙妳。雖然想要這麼回答，不過我的確沒有對妳完全誠實。症狀是真的，我快要病死是真的，我願意陪妳自殺也是真的，不過交換夢想倒是無所謂的事情，我本來就沒有什麼夢想，不如說，我是不相信那種事情的類型。」

開口說完的瞬間，我發現內心有個沉甸甸的物品消失了。空了一塊。雖然重量減輕不少卻不覺得舒坦，只是有種事情就該如此的感覺。

草莓牛奶垂下眼簾。

「那麼你就失去陪我一起自殺的理由了。」

「有沒有理由真的那麼重要嗎？」我笑了。「妳擔心我會因此爽約？」

「這次別想敷衍我。」

「……妳太鑽牛角尖了，事情真的沒什麼，不過是深夜的突發奇想罷了。」

將殘留冷氣味道的空氣吸入鼻腔，我無所謂地聳肩。

「在網路找一個比我年輕卻想要自殺的人，好好認識他，釐清他自殺的理由。當然我認為反正不會是什麼大不了的理由，不如說，肯定是無聊理由，到時候我可能會大肆嘲笑，也有可能勸他別那麼做……老實講，連我自己都不曉得究竟想怎麼做。」

「的確很像你會做的事情。」草莓牛奶訕然嘆息：「毫無計畫只憑一股衝勁亂來，其他事情都等到事到臨頭再說。」

「抱歉。」

我不曉得為什麼自己要道歉，然而還是這麼說了。

「算了，無論過程如何都無所謂了，至少我現在很慶幸你那個時候選擇聯絡我，北極星。這是真心話。」草莓牛奶說：「你呢？」

「……我也是，我很慶幸有在網站發現妳的帳號並且寄出私訊。」

「那麼走吧，陪我走一趟。」

「嗯。」

我率先打開房門，踏入暑氣翻騰的外面世界。

在柏油路邊緣攔了一台計程車前往醫院。

雖然答應要陪草莓牛奶，不過我追根究柢仍然是名外人，因此待在醫院大樓外面的庭院，坐在長椅發呆。

數十分鐘後，草莓牛奶面無表情地走出醫院的自動門。由於她沒有停留，我只好快步追上去。此時的天色已經轉為鮮豔的紫紅色，時值下班放學時間，街道充滿行色匆匆的西裝人士和學生。

沿著人行道的牆邊，我們倆並肩前進，我沒有詢問目的而草莓牛奶也沒有說明，就只是一直往前走，往前，往前，往前，如果不巧撞見紅燈就轉彎，完全沒有停下腳步。

直到我覺得腳重到抬不起來的時候草莓牛奶才開口。

——父親已經脫離危險期，雖然仍需要住院觀察一段時間卻沒有大礙。母親的精神狀態也算安定，只是對著自己不停道歉，並且告知日後必須到警局進行筆錄。

我「嗯」了一聲作為回答，然而我知道自己想聽的不是這個。

——妳之後打算麼辦？

和兩名衣冠楚楚的中年上班族擦身而過，我斟酌各種詞彙，在腦海組織適切的話語。

「——我們兩人都在說謊，不過已經無所謂了。」

伸手撩開遮擋在額前的頭髮，草莓牛奶率先開口。

「約定的事情就得做到。」

接續其後的那聲喃喃自語似乎是「況且也不能讓你一個人死掉」，不過肯定是我聽錯了。

「服藥自殺吧，那樣是最不會痛的做法。」

「不考慮燒炭嗎？」

「你打算將整層樓的樓友都拖著一起死嗎？」

「有道理，抱歉我沒有考慮到這點……那麼就按照妳的提議吧。」

草莓牛奶一瞬間猛然抬眸凝視著我，數秒後，什麼也沒說地垂下眼簾。

我打趣似的說：「不過原來妳有在認真思考這件事情。好一段時間都沒提，我還以為妳忘記了。」

「畢竟當初說好了，這個是我該負責的事項。」草莓牛奶低聲補充：「等會兒將那部影集的後續都借回來，看完之後就自殺吧。」

「也好，至少了卻一個遺憾。」

於是先繞回宿舍一趟的我們前往影碟出租店，還了前三季的影集然後租借後續四季，在對街的商店買了晚餐的滷味以及大量餅乾零食。雖然不是最後的晚餐卻有類似的氣氛，讓我出手闊綽地買了許多，在便利商店的結帳金額令草莓牛奶反射性低呼。

回到宿舍的時候，草莓牛奶熟稔地走到櫃子取出碗筷。

我將電腦桌移成「觀賞電影模式」，隨口說：「妳知道嗎？法律雖然禁止人們自殺，然而卻沒有相關懲罰。」

「我不覺得在這個時候拿從法律系前女友那邊聽來的知識炫耀是值得敬佩的事情，不過我還是會秉持社交禮儀，客套地笑一笑。哈哈。」草莓牛奶刻意勾起嘴角。

我無奈聳肩，結束這個話題，繼續將電腦桌移動到房間中央。螢幕左上角佈滿蛛網裂痕。

「所以你本來想表達什麼？」

「這個話題不是已經結束了？」

「如果沒有得到答案總覺得會變成最後的遺憾。好不容易死掉了，我可不想因為你的錯而留在人間。」

「其實我想說的事情都說了，自殺失敗也不會有處罰。」

「無聊。」

草莓牛奶嗤之以鼻，將滷味倒在瓷碗之後就抱起膝蓋坐在床鋪。

其後，我們不再交談，邊吃滷味邊專注於方形螢幕內的虛幻世界，等到滷味吃完就摸黑抓手邊的各種零食來吃，累了就依偎著彼此肩膀打盹，醒了就繼續看影集。很累、很睏、眼睛很痠卻也很滿足。

✣

當我們將影集的最新一集從ＣＤ槽放回盒子的時候，草莓牛奶一邊伸展僵硬的肩膀關節一邊將窗簾唰地拉起，讓晴朗藍天的陽光盡情流入室內。

揚起的塵埃閃閃發亮，讓我一瞬間有種世界顛倒的錯覺。

夏日的午後二時。

我緩慢轉動僵硬的脖子，出聲詢問：「接下來要幹嘛？要先睡一下還是出去覓食？」

「兩個都很想，不過快餓死了，還是出去吧……打從第五季後段的時候就澈底斷糧了，為什麼這個房間完全沒有事先儲藏可以吃的東西？如果真的暴發殭屍潮你絕對死第一個。」

「存糧本來就只有一人份。」
「盡找藉口，我才沒吃那麼多。」
臉頰微紅的草莓牛奶嬌嗔。
草莓牛奶只要沒有吃飽就會令攻擊力大幅提高，我立刻帶她前往附近的麵店填飽肚子。草莓牛奶一人就解決了加大的湯麵和整盤滷味，心情隨即好轉。
她其實也挺好打發的。我不禁暗忖。
接著為了幫助飯後消化，我們散步前往藥妝店採購必需品。
自殺網站的教學相當詳細，甚至還有一套解釋「為什麼要買這些藥品」的專業說明。清單上面的藥品都不需要處方簽，然而只要劑量夠重，保證可以一覺不醒。
原本有些忐忑，擔憂可能會遭到阻止或詢問，不過我們順利買齊所有必須的藥品。店員甚至連寒暄的心情也沒有，面無表情地掃完條碼，然後將藥盒裝入塑膠袋。
離開藥妝店的時候，草莓牛奶忽然在門口駐足。那裡擺放著好幾箱的特價糖果餅乾，其中也有棒棒糖。那款我並未見過的棒棒糖有著許多口味，乍看之下超過四十種，簡直令人眼花撩亂。
草莓牛奶專注地凝視那些棒棒糖，不發一語。
我看著手邊的冷飲區，隨口問：「對了，妳想要知道酒是什麼味道嗎？趁著最後機會。」
「……不想。」

「在墾丁的時候妳不是想去酒吧嗎？」

「我只是好奇裡面的氣氛。酒精飲料那種東西，我一輩子也不會喝。」

「那麼要買棒棒糖嗎？」

草莓牛奶垂下眼簾，低聲解釋。

「小時候，爸爸下班之後會帶我到附近的便利商店，不是現在到處都可以見到那種明亮乾淨的便利商店，而是更傳統的那種，名字叫什麼來著……用大玻璃罐裝著各種糖果餅乾放在老舊的架子上面，角落堆著很多酒，室內隨時充滿昏暗的紅色光線。」

「柑仔店？」

「對，就是那個。」草莓牛奶說：「那個時候，爸爸總會買一支棒棒糖給我。」

草莓牛奶沒有說「父親」、「那傢伙」或「那個混帳」，而是使用「爸爸」這個稱呼。

「我記得口味只有三種，草莓、葡萄和橘子，儘管如此，每次我都猶豫了好久才能夠決定。回程途中，爸爸會牽著我的手，讓我走在靠近水溝的那一邊。我總是一邊踢著野草一邊舔著棒棒糖，到家之前剛好能夠舔完。真的很神奇，好幾次都故意舔得很慢、很慢，然而依然在到家之前吃完了，有段時間一直令我覺得很不可思議。」

草莓牛奶纖瘦的手指擰扭成一團。

「明明長大之後盡是遇見爛事，偏偏卻有這種回憶揮之不去，讓我無法澈底討厭那個人，好幾次也想過說不定這是我編出來自己騙自己的夢。」

「……我可以詢問導致他們失和的契機嗎？」

「那種東西我根本不曉得。」

草莓牛奶猛然發出訕笑。

「母親突然之間就被打了，完全不曉得原因。盤子碎了，架子倒了，到處都是刺耳的聲音，什麼事情都搞不清楚的我只能夠窩在牆角哭，然後隨著時間經過，不知不覺變成母親和我一起被打。」

「……夠了，不必說了。」

「偏不。」

「我不想聽。」

「可是我想講。」

草莓牛奶勾起嘴角，露出某種親手撕開傷痂的笑容。

「我也還手過幾次，不過反而被揍得更慘就放棄了，雖然成為國中生之後情況多少有所好轉，被打的頻率降低不少，不過更重要的是我發現只要調整好心情就無所謂了，麻痺了，甚至聽見她的哭聲也能夠待在房間繼續做自己的事情。」

「為什麼不離婚？」

「我不曉得……她可能覺得如果沒有那個人的薪水會活不下去，也有可能那個人偶爾會哭著道歉，毫無自尊可言，像個孩子一樣地哭，或者有她自己才知道的理由，怎樣都好，我完全不在意。原本打算高中畢業之後離開家生活，然而未來這麼多年我都得忍受某天可能會再次——」

草莓牛奶猛然停頓，屏住呼吸動彈不得，好幾秒才恍然大悟地喃喃自語。

「對了，契機好像是因為那個人的公司欠債破產了。」

「嗯。」

我只能夠這麼回答，總覺得這個發音快要變成口頭禪了。

最後草莓牛奶依然沒有買棒棒糖。

其後，我們在公車站牌分手。

目送載著草莓牛奶的公車成為晚間街景的一部分，我不禁感到有些寂寞。

混入街道熙攘的人群成為其中一部分，我沿路磨蹭許久拖延時間，然而回到空盪盪的宿舍時，久違的悶塞感再度充斥胸口，即使大口呼吸也吸不到氧氣，只徒然跪在地板急促喘息。

許久之後，或許經過了數個小時，呼吸總算漸趨平緩。

我順著跪坐的姿勢往旁邊躺，踢開空寶特瓶和塑膠袋，枕著雙手。

眼前的地板正好有兩隻螞蟻互相摩娑觸角，蜿蜒曲折地前進。

——我會死。

不，應該說我要死了。我選擇這麼做。拉著草莓牛奶一起。不，是我們一起選擇這麼做，也早就決定別思考這麼做是對是錯。這是我的決定，無分是非對錯。只要堅持貫徹到底即可。

我只需要這麼做。我必須這麼做。

想法紊亂地在腦海縱橫飛掠，不知何時從陳述事實變成某種義務。

雖然無論何者都無所謂了。

因為所有事情都會在明天結束。

如此輕易、如此迅速、如此簡單。

藥丸

今天是我們決定自殺的日子。

現在時間是凌晨三點，而我們決定在深夜十二點的時候服藥自殺，所以準確而言還有二十一個小時。

不久前的晚餐時間，我用通訊軟體提議將這天訂為自殺紀念日，隨後被草莓牛奶用翻著白眼的害羞鯊洗板。我重頭到尾看了兩次畫面也沒有找到能夠反擊的貼圖，隨後才發現作者出了「害羞鯊Ver.2」的新貼圖。不甘示弱的我立刻決定回以顏色，然而比較點數的優惠方案許久，猛然驚覺明天就要死了卻認真比較哪種購買方案比較便宜實在很愚蠢。

我不禁笑了出來。輸入信用卡號碼之後很快就買到點數，進而購入貼圖。大腦實在毫無睡意，雖然這麼比喻很不恰當，不過我就像是遠足前一天興奮到睡不著的小孩，起身坐在床鋪發呆。

冷氣機的嗡嗡聲似乎和大腦某處產生共鳴。

我仍然有很多想要嘗試的事情；許多尚未完成的遺憾。譬如到玻利維亞看看烏尤尼鹽湖；親眼看一次極光；學會俄羅斯文；嘗試浮潛；看著喜歡的女孩穿上婚紗；對著上天發誓「我願意」；領養一隻野貓；騎機車環島；親手堆一個雪人；看見喜歡漫畫的最終結局，如果近未來流行前往宇宙旅行，那麼將會是最大的遺憾。

死到臨頭，才發現自己竟然有這麼多未了的牽掛。著實令人意外。

然而若是從另外的角度思考，這段時間過得相當充實。或許是大學四年內最為充實的日子，聽完了Lycoris的告別演唱會；認識了不少人；努力尋找過小鎮的傳說；也到南方沙灘旅行過了。雖然不是毫無後悔的人生，然而也相當不錯。

「不過沒有穿到學士服真的有點可惜，明明已經快要畢業了。」

我搖頭苦笑，隨即拿起手機和錢包離開宿舍。

凌晨的公園意外地相當熱鬧，不少老人聚在一起做著體操，期間夾雜著幾位遛狗人士的身影，甚至能夠看見不少身穿西裝的上班族。

夏日的天空湛藍無垠，不止息的蟬鳴響徹耳畔。

今天是活在世界的最後一天。

最後一次醒來、最後一次聆聽音樂、最後一次享用餐點、最後一次昂首凝視藍天。只要想到這是最後一次就令人忍不住感到「必須珍惜」。

我曾經以為自己能夠擁有數十年的時間好好度過人生，有想做的事情可以慢慢計畫，然後不疾不徐地逐步完成，至少，不會在這個年紀死去。

然而我錯了。

生命是脆弱、纖細且輕易就會消逝的物品。

——我呢，一直是抱著「明天就會死」的心情活著。

風依卡曾經說過的話語浮上心頭，而她是正確的。

從樹葉縫隙透出的陽光在地面照出斑駁的影子，隨風搖曳，閃閃發光。

我著迷似的盯著那些閃光，直到被某個人影遮住。抬頭只見草莓牛奶站在面前，穿著我們當初去墾丁的那套衣裝。刷破的牛仔長褲和米白色薄長袖外套，揹著陳舊的大後背包。

「早安。」

「早。今天……你打算做什麼？」

「沒有行程，妳有什麼好提議嗎？」

我往旁邊稍微挪動，示意草莓牛奶坐下，然而她搖搖頭，低聲說：「既然如此，我們去找魔女的商店。」

「……就算不那麼做，我也會陪妳一起死的。」

草莓牛奶猛然昂首，囁嚅說：「才不是……那個原因。」

我平靜地開口。

「活在這個世界的最後一天，妳不想做些更有意義的事情嗎？不，就算毫無意義也沒關係，整天待在這座公園看著天空發呆也不錯，然而我不懂妳想要去尋找魔女商店的理由。」

「關於那間商店的事情是真的對吧？既然如此，至少要努力到最後一刻，否則有種半途而廢的感覺，我……不喜歡。」

「我瞭解了。有始有終確實也很重要。」

我輕輕吁出口氣，站起身子。

「走吧。」

於是在活在這個世界最後一天，我們在小鎮穿梭，尋找一間能夠使用壽命交換任何物品的魔女商店。如同我們第一次尋找魔女的時候，然而依然有許多差別。

草莓牛奶並非低頭跟在後方，而是挺直脊背地與我並肩行走。即使途中我偶爾因為情緒興奮而朝向天空發出「喔喔喔」的呼喊，她也只是蹙眉狠瞪並未出聲責罵。

當我們經過一個販售包子饅頭的露天攤販時，草莓牛奶忽然停下腳步，從口袋拿出零錢買了兩個包子，綳緊臉遞了一個給我。

「喏。」

「……謝謝。」

我謹慎接過包子咬了一口。芝麻口味。

「妳喜歡芝麻？」

「另外的口味是紅豆和奶油。」

草莓牛奶這麼解釋。很有她的風格。

我很感謝草莓牛奶的心意，不過在日正當中的炎夏享用包子顯然不是個好主意，口腔的水分彷彿被全部吸乾，芝麻更是哽在喉嚨內壁。我們只好暫時中止尋找魔女商店的計畫，前往便利商店休息。

數分鐘後，我們吹著涼爽的冷氣，並肩坐在便利商店的吧檯座位。

我單手撐著臉頰，透過玻璃凝視一位身穿白汗衫的佝僂老人走過街道。草莓牛奶則是叼著吸管，半瞇起眼用食指輕戳鋁箔包外側的水珠。

「吶，如果等一下因為萬分之一的機率真的找到那間商店，你會買什麼？」

「夢想吧。」

「我都知道那是謊言了，你還拿來敷衍未免太過混帳了。」

蹙眉的草莓牛奶用手肘拐了我一下。

不太痛，雖然也有可能是我已經習慣了。我頷首說：「抱歉，反射性就這麼回答了。我想想，嗯……如果是妳會換什麼？」

「不要反問，現在是我在問你問題。」

「好好好，別再瞪了，我真的想不到……再說了，如果我真的有不惜耗費生命也要拿到手的物品，根本不會浪費時間去找一間連存在與否都不曉得的商店，也不會到自殺論壇找人搭檔，而會將這些時間用來取得那樣物品。」

「真現實呢。」草莓牛奶若有所思地盯著天花板的吊扇好一會兒，再度低頭咬住早已破破爛爛的吸管，含糊不清地說：「如果能夠讓時間倒流，我倒是有點興趣。」

「妳想要重來嗎？」

「那種爛到極點的人生誰想重來。假設我能夠回到小時候，第一件事情就是離家出走。」

「重來的時候通常沒辦法帶著現在的記憶喔。」
「是這樣嗎？」
「不然會引發時間悖論之類的問題。」
「……連單純的假設也要考慮這麼多，你真的很麻煩耶。」
草莓牛奶不悅咂嘴。總覺得話題稍微偏離主軸了。
休息結束後我們離開便利商店，按照網路的情報繼續在小鎮東奔西跑，尋找魔女的商店。在某棟鐵捲門拉緊的建築物前，我甚至客客氣氣地詢問鄰居的老爺爺「請問您隔壁的住戶是魔女嗎？」，然後被滿臉羞紅的草莓牛奶硬擰著腰部的肉拖走。真的超級痛，如果把疼痛用1到10來表示無疑會是11的程度。
布料吸水到了飽和狀態，多餘的汗水便從衣襬流下，在身後留下閃閃發光的足跡。說是足跡似乎不太恰當，不過我也沒有心情思考更適合的詞彙了，伸手撥開糾結成好幾束的瀏海，我好幾次都想要喊停，然而草莓牛奶始終一心一意地邁出腳步，讓我不得不嚥下抱怨。
儘管付出如此勞力，結果依然是如同預想的無功而返。
在冷氣十足的義大利麵店解決晚餐，當我們回到宿舍的時候，草莓牛奶若有所思地凝視著走道天花板的蜘蛛網。
「明明只住了兩天，不過總覺得有股熟悉感。」
「妳不回家，沒問題嗎？」

「雖然我不討厭母親，然而今天不想和她在一起。」草莓牛奶低聲呢喃：「既然都要反抗，為什麼不在更早之前呢……」

我瞄了眼手機螢幕的時間。20：37。

距離午夜零時還有三個多小時。

距離我們要自殺的時間還有三個多小時。

我站在冷氣出風口的位置，閉眼感受迎面吹來的冷風。

打從初次見面的時候，草莓牛奶若無其事地罵過我許多詞彙，其中有發洩不悅的遷怒謾罵也有出自真心的嬌嗔，儘管如此，她始終不曾罵過我「膽小鬼」或相近意思的詞彙。或許她隱隱約約地知道那是絕對不能夠碰觸的部分，一旦受到刺激，內部壓抑的情緒將宛如被割開的動脈一股腦兒地噴湧而出……不，畢竟她那麼聰明，肯定早就知道了。

我們兩人都是膽小鬼。

我不敢面對自己快要死去的事實。

她不敢面對逐漸逼瘋自己的現實。

甚至於，我們兩人連獨自死去也覺得害怕，所以才會待在一起，試圖從彼此身上得到肯定。

凝視著仰望天花板發呆的側臉，我忽然有股衝動，尚未細想就開口了。

「吶，草莓牛奶，其實——」

「別說。」

草莓牛奶的語氣低沉卻嚴厲，宛如擱在頸側的利刃。

然而我仍舊沒有停止：「其實妳並不想死吧。」

「閉嘴。」

「妳指謫我在說謊，然而妳也一直在騙人吧。」

「才沒有。」

「初次見面的時候不好說，不過現在的妳應該知道只要活著就有機會去嘗試其他事物，可以去世界各地旅行，那部殭屍影集的後續也尚未開拍，如果沒有看到結尾也會覺得遺憾吧。」

「……就算我能夠超過平均壽命活到一百歲，仍然會有看不到結局的影集，因此這個論點毫無意義。」

沒有指謫草莓牛奶避重就輕的反駁，我起身走到書架拿起一個紅黑色的隨身碟，用拇指和食指捏住遞出。

草莓牛奶抿起嘴脣，警戒地詢問：「裡面是什麼？」

「妳手機的照片。」我說：「雖然遲了些，不過總算是拜託手機店的店員小哥救出來了。墾丁的所有照片都好好地保存在裡面，半張也沒有少。」

「事到如今，你這麼做又有……什麼用。」

草莓牛奶猛然握緊拳頭，用力打掉隨身碟。隨身碟眨眼就滑入電腦桌下方。

我不疾不徐地縮手。

「好吧，這個話題到此為止。」

「……這次打算換成欲擒故縱的策略嗎？」

「不，當初是我邀請妳一起死的，事到如今才反悔也說不過去。抱歉，剛才當作是我胡言亂語，忘了吧。」

「覺得自己沒有錯的話就別道歉！」

草莓牛奶嬌嗔。我苦笑道歉，然後又挨了一頓痛罵，只好轉移話題地問：「妳想好要搭配什麼飲料了？」

「……雖然我不想如此慎重其事，然而也別講得這麼輕描淡寫。」

「我覺得碳酸飲料或許不錯。小時候如果想用汽水搭配藥丸都會被罵，現在正好可以試試看。」

「無聊。」草莓牛奶訕然說：「我先去洗澡。」

「還請慢來。」

留在房內的我盯著地板角落的空飲料瓶在心底默數一百，隨即將藥罐全部掃入塑膠袋，躡手躡腳地走到浴室旁邊的廁所。將喇叭鎖所好的時候不禁鬆了口氣，我坐在馬桶上面，聽著隔壁傳來的淋浴水聲和歌聲。沒想到草莓牛奶的心情這麼好，打從認識以來還是首次聽見她哼歌。

深呼吸數次，我換了個姿勢改成跪在馬桶前方，從塑膠袋一一取出藥罐。

將之沿著磁磚的縫隙整齊排列。我試著研究那些艱深難懂的藥名，不過很快就放棄了，進而小心謹慎地旋開藥罐，將裡面的藥丸全部倒進馬桶。

我刻意將罐口貼緊馬桶瓷面好讓藥丸在不發出聲響的情況下滑落水中。不多時，馬桶內部就積滿五顏六色的藥丸。彷彿某種前衛的現代藝術品。

我按下沖水鍵，藥丸頓時消失在螺旋當中。

確認每一罐都倒空之後，我從口袋取出先前買好的維他命，依照顏色和尺寸分別裝入空罐，然後再次旋緊。

原本以為會緊張到手指發抖，然而實際進行的時候情緒卻意外平靜。

結束所有的程序之後，我迅速回到房間，將藥罐擺回原位，然後凝視預留在桌面、用衛生紙墊著的兩顆安眠藥。

「如此一來，至少能夠安穩地度過今晚吧。」

明天草莓牛奶應該會大發雷霆吧？也有可能會無言地瞪著我吧？

不過沒關係，我已經做好被痛罵一頓的心理準備了。

將人殺死是相當簡單的事情，然而阻止別人去死卻相當困難。

然而我已經決定要阻止草莓牛奶了。畢竟明明可以活下去卻選擇結束生命，這種事情我絕對不會認同，因此無論如何我都要阻止草莓牛奶自殺。

我不曉得獲得今晚的經驗後，草莓牛奶會做何感想。

希望她會覺得後悔；希望她明天醒來的瞬間會覺得慶幸；希望她會放棄自殺這個念頭。

緊接著，房門悄然開啟。

「換人。」

因為熱氣而兩頰緋紅的草莓牛奶一邊用毛巾擦乾髮尾一邊走入房內。

「那麼我去去就回！不要偷跑喔！」

草莓牛奶沒有理會我的無聊玩笑，巧妙地利用毛巾遮蔽表情。

拿起換洗衣物的我離開房間，踏入煙霧繚繞的浴室，這個時候才遲來地感覺到激動，心臟狂跳，即使用冷水澡也沒有辦法冷卻。由於擔心草莓牛奶會發覺不對勁，我胡亂將身體每個部位都沾濕之後就當作洗完了。

當我返回房間的時候，正好看見草莓牛奶湊著檯燈和手抄紙條，按照論壇的指示取出必須的藥量，將之分成兩堆。從她專注的表情判斷應該沒有發現藥丸被掉包了，我不禁慶幸那篇文章只有標明藥名而未附上圖片檔。

不知不覺間，時刻來到深夜十一點。

倒數一個小時。

我放下心目中死前絕對要重看一次的籃球漫畫最後一集，起身伸展僵硬的手腳，看向併攏雙腿、倚靠著牆壁發呆的草莓牛奶。

「等會兒要來倒數嗎？雖然沒有煙火就是了。」

「倒數？煙火？喔……沒事。」

「幹嘛那種反應，難道妳不會在跨年倒數嗎？只是默默看著時間到？」

「我沒去過跨年活動。」

「咦？」

「我當然知道跨年倒數，不過沒做過。畢竟在只有自己的客廳喃喃自語實在太過淒涼了，每次都早早就睡了。」

「每次跨年妳都待在家裡？」

「嗯。」草莓牛奶平靜地說：「我沒有朋友。」

總覺得這段對話似曾相似，然而我並沒有將「那麼要去嗎？」這句話付諸言語，而是詢問：「準備好了？」

「這種事情不需要確認吧，難不成我們還得先喊『預備、吞』才能夠開始嗎？少蠢了。」

草莓牛奶說完，一口氣將整把的藥丸吞入口中。

我反射性地跟著動作，唯恐動作慢了一步似的舉起馬克杯，不停灌著溫開水。

或許是上次喝草莓牛奶的時候沒有將杯子洗乾淨的緣故，總覺得舌頭感受到淡淡甜味。

「……雖然是藥卻不太苦呢。」

草莓牛奶伸出舌頭舔了舔嘴脣，鳳眼緊盯著我。

「妳也太急躁了，距離零時還有好一段時間耶。」

「這點誤差在容許範圍內啦。」

草莓牛奶將空掉的馬克杯放回桌面，逕自走到床鋪坐下。

「這麼一來就結束了。」

「是的呢。」

我從床尾向後躺下，不必側臉就可以看見草莓牛奶的後背。

雖然初次見面的時候我注意到她的馬尾、倔強凶狠的眼神、白皙的肌膚或臉頰靠近脖子的痣這些特點，然而此刻如果要我列出關於她的外貌特徵，我想「隨時都挺得筆直的凜然脊背」是最佳描寫。

我們沒有說話。

室內頓時陷入寂靜，只能夠聽見遠處的引擎聲。

許久之後，或許是安眠藥發揮了藥效，草莓牛奶躺到身旁，我也開始覺得意識昏沉，睡意無法遏止地傳遞到身體末端的每個細胞。

直到意識渙散之前，我始終緊緊握著草莓牛奶的手。

紅色的叉

「——妳覺得在什麼情況下，人類可以殺死其他人？」

我曾經這麼詢問過草莓牛奶。

記得那是在某次尋找魔女商店的途中。

夏日的天空蔚藍，驕陽如火，從枝葉縫隙撒落在柏油路面的光線碎成無數方塊，彼此重疊閃爍。我和草莓牛奶分別站在行道樹的左右兩側，身後是一間看似倒閉許久的商店。油漆剝落大半的招牌隱約可以辨識「玲服飾」這三個字。

過往的行人們大多直接無視數間鐵捲門緊閉的商店，低頭走在屋舍拉出的陰影，快步前進。

由於等了好幾分鐘都沒有得到回應，我只好再度重複。

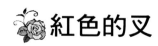

「妳覺得在什麼情況下，人類可以殺死其他人？」

當時草莓牛奶雖然露出厭惡的神情，不過還是讓倔起的小嘴離開寶特瓶的瓶口，低聲回答：「我不會這麼做，所以沒興趣思考這種問題。」

「那麼我換個問法，妳覺得人們該如何判斷其他人該死？得知對方是個無惡不作的壞人？親眼看見對方犯下慘絕人寰的罪刑？還是只要妨礙到自己的人都該死？」

「北極星，你打算用比較的方式替那些不能做的事情排出先後順序，這種行為毫無意義，一旦你越過了那條線就沒有先後順序的差別了。」草莓牛奶停頓片刻，搖頭說：「況且我對如何了結其他人的性命沒有興趣。」

「即使對方想要殺了妳？」

「我又無法決定對方的思想，因此與我無關。」

「所以遇見那種情況，妳會放棄抵抗還是全力掙扎？」

「兩者有什麼差別嗎？」

「舉例而言，現在命運打算殺死我，而我選擇了放棄抵抗。」

「……那是你的選擇，只要不後悔就行了。」

由於草莓牛奶始終不為所動，我只好稍微改變話題的走向。

「那麼在什麼情況下，人類可以殺死自己？」

「隨時。」草莓牛奶毫不猶豫地說：「這是我的性命，因此自己能夠做主。」

「然而只要我們不敢將這件事情大聲宣告，表示在心底某處依舊知道這件事情是錯誤的。」

「你那是歪理……我要死，何必讓其他人知道。」

「這個理論應該很難說服其他人。」

「他們怎麼想不關我的事情。」

「妳的生命只有自己可以負責，這麼說似乎有些問題，應該說『如果妳想要死，誰也無法阻止』，然而這個事實對每個人都一樣。」

草莓牛奶猛然走到我的面前，挺胸昂起俏臉，用那雙俐落且澄澈的鳳眼狠狠瞪著我。

「你究竟想要問什麼？不要拐彎抹角的。」

「隨口聊聊罷了，畢竟我們是相約自殺的夥伴，如果到時候並肩走在奈何橋卻沒有話題也很尷尬吧。」我笑了笑，然而發現草莓牛奶不吃這套，只好端正神色，平靜地詢問：「妳這麼做是為了報復某個人嗎？」

「不是。」

「妳有將未來、家人、愛情與友情放在天秤的另一端比較過嗎？」

「這不是廢話嗎？」

「妳有想過自己死後可能會有人哭泣嗎？」

「……就算活著，會哭的人依然在哭，不會哭的人無論我發生什麼事情也不會哭。」

「妳不會後悔嗎？」

「北極星，你的腦子被太陽曬壞了不成？死掉的人怎麼可能會感到後悔。」

「說得也是。」

那個時候，我凝視草莓牛奶因為倔強而皺起的眉間，不由得露出微笑。

✥

睜開眼睛的時候，我看見了前女友。

不曉得為什麼她會出現在這裡，我的思緒陷入短暫的停擺模式，只好愣愣地注視著田婉妤的背影——她穿著很喜歡的那件淡粉色的荷葉蕾絲上衣，垂落頸側的髮絲隱約可見纖長的手指和簡約的鋼琴黑手機外殼。

過了好幾秒，我才理解她站在窗邊講手機，不過聲音卻被蟬鳴所掩蓋，模模糊糊的，聽不清楚。

我在不晃動到腦袋的情況緩緩轉動視線。

沒有看見草莓牛奶的身影，不過發覺自己正躺在病床，罩著草綠色的被單。手邊是一張矮桌，放著用塑膠袋包著的換洗衣物。空調嗡嗡作響卻仍然讓人覺得有些悶熱，透過窗戶可以看見藍得沒有一絲飄絮的天空。

——這裡是醫院的單人病房。

我遲來地理解到這點，然而卻仍然不明白事情的經過。

我嘗試起身，然而注意到聲響的田婉妤立即將我壓回床鋪，沒好氣地說：「總算醒了。如何？身體有什麼異狀嗎？」

「為什麼……我會在這裡？」

「當然是救護車把你載來的，真的是，搞什麼吞藥自殺，簡直太蠢了。不過更蠢的是洗胃之後發現全部都是維他命，當時可是連醫生都愣住了。」田婉妤沒好氣地搖頭。

「救護車？」

「……你還沒清醒嗎？來，說說看這是多少。」

田婉妤豎起三根手指，神色認真地湊到我眼前。

「別鬧了，為什麼妳會在這裡？」

田婉妤露出「你在說什麼傻話」的無奈表情，半晌才說：「三更半夜收到你的簡訊，我還以為出了什麼事情……不對，的確是出了事情沒錯，至少下次要早點告訴我吧。」

「我的簡訊？」

「你的簡訊。」

「……我的簡訊？」

「你要重複幾次啦，難道傷到腦袋了？昨天除了藥還有吞其他東西嗎？」

田婉妤蹙眉端詳。這個時候我遲來得理解到自己中了草莓牛奶的圈套，緊綳的神經頓時放鬆，整個人癱回床鋪。

田婉妤坐到沙發床，無可奈何地嘆息。

「這次真的太誇張了，我很生氣你竟然沒有告訴我這件事情……雖然你總愛將事情憋在心裡，直到有個結果才會告訴其他人，然而我並不是其他人吧。這麼重要的事情應該第一個告訴我吧！」

震懾於她的氣勢，我不得不說：「抱歉。」

「下次如果再發生這種事情，絕對要事先告訴我。」

——還有下次嗎？

我緩緩吐出空氣，將疑惑嚥回喉嚨轉而說：「知道了。」

「嗯。」田婉妤滿意地拿出手機，手指飛快敲打訊息似乎在進行聯絡，片刻才若無其事地問：「對了，那個嘴巴很賤的高中生，其實是你花錢請來的臨演吧？」

嘴巴很賤這種評語，如果被草莓牛奶聽見肯定會勃然大怒吧。我不禁笑出聲音來，搖頭說：「她是我朋友。」

「你哪來的時機去認識高中女生？明明整天都窩在宿舍。」

「我們都很喜歡一個叫做Lycoris的樂團，算是網友吧。」

「啊，之前因為吉他手自殺而鬧得很大的那個，這麼說起來，你的確有去參加過他們的演唱會……那麼你們認識多久了？」

「嗯？大概四年吧。」

「搞什麼，那樣豈不是比我更久……」

田婉妤喃喃自語，拿起放在床尾的米色提包。

「打工結束後我會再過來，好好討論這件事情。」

「咦？剛才不是說完了……」

「怎麼可能！我也需要時間好好消化這件事情啊！關於你『真正的』病情也已經聯絡過叔

叔阿姨了，他們應該在傍晚就會過來了。」田婉妤咬牙加重音調。

「……妳聯絡了老爸老媽？」

「當然，這麼重要的事情怎麼可能瞞著不提。」

「但是就算提了……又有什麼用？」

「只要機率不是零就行了！」

田婉妤低聲喊完，用幾乎聽不見的嗓音問：「我聯絡叔叔阿姨的時候，他們似乎還不知道你甩了我。為什麼你沒有將這件事情告訴他們？」

「這個……算是找不到機會吧。」

「你呀，不要老是以為自己想到的辦法就是最佳方案，也不要太看輕我了。」

田婉妤說完，隨即大步離開病房。

伴隨著門板關起，房內變得相當安靜，只能夠聽見聒噪不已的蟬鳴以及推車經過走廊的滾輪聲響。

細細咀嚼那段話的意思，我小心翼翼地走下床鋪，在狹窄的房間徘徊。雖然來過醫院不少次，然而住院的經驗卻是第一次。內心有種異樣高昂的興奮感。拿起遙控器打算將空調溫度調低的時候，我正巧看見手腕的地方用紅色簽字筆寫著「不准死，絕對不准」，末端則是打了個大叉。

我一眼就認出那個端正的字跡出自草莓牛奶之手。

雖然與預期的作法所有差異，不過至少她也得到和我相同的結論了。太好了。然而空調不管怎麼切都只會吹出不冷也不熱的風，太差勁了。我悻悻然躺回床鋪，接著聽見三次敲門聲。

「請進。」

原本以為是草莓牛奶，沒想到卻是風依卡。

蓄著鮑伯頭的風依卡拉著一個粉紅色的硬殼行李箱走入病房。她身穿吊肩的潔白連身裙、天空藍的包頭鞋並且戴著一頂相當不合場所的編織草帽。

「您看起來比我想的還要有精神，真是太好了。啊，這是禮物。」

風依卡優雅地坐在床鋪旁邊的沙發床，喜孜孜地從提袋取出自家店裡的三明治。雖然一瞬間懷疑這是沒賣完的滯銷品，不過我還是坦率接受。

「謝謝。」

「草莓牛奶今天早晨來咖啡店用餐，聊天時告訴我這件事情。正好決定今天下午要休息，於是在出發前順便繞過來這邊一趟。」

原來我只是順便嗎？忽然有點想收回方才的道謝了。

「妳又要去旅行嗎？」

「是的，這次打算去看看宜蘭的日式古蹟，然後繞東部一圈，沿著海岸線回來這座城鎮。」

「……那樣不就幾乎是環島了？」

「我預計不會到基隆，所以不算環島啦。」風依卡輕笑說：「今天來訪，主要想告知客人一個關於魔女商店的事情。」

雖然已經無關緊要了，不過我仍然被勾起些許興趣。

「難道妳找到前店主的聯絡方式了？」

「沒有。」

「……那麼是什麼事情？」

「我昨晚忽然想到客人似乎搞錯了某個重點，如果沒有人糾正似乎會永遠誤會下去，所以在啟程前繞來此處。」

「什麼重點？」

「您能夠再次告訴我關於那間商店的事情嗎？」

儘管滿頭霧水，我還是照實地說：「據說這座小鎮有一間魔女經營的商店，能夠用壽命買到任何物品。」

「正是此點，客人。」風依卡微微搖頭，繼續說：「生命只有『一個』，計算它的單位不是天、月或年，而是『個』，試問您如何拿最珍貴的生命去交換其他物品呢？假設魔法順利運作，終於獲得那樣物品了，失去生命的您又該如何才能夠使用呢？」

「……妳想表示那位魔女利用大家不曉得這種事情而欺騙人們犧牲性命去換取一個用不到的物品嗎？」

「這點也是您多慮了。」風依卡說：「我不擅長使用電子產品所以不曾看過網路的資料，然而我推測雖然有很多關於那間商店的情報，卻沒有『確實從那裡買到什麼』的情報對吧。」

「這個……的確如此。」

「魔女不一定都是壞人，不如說，善良熱情的好人占了多數。我想那位魔女也是如此，當初想要藉由這件事情告知生命的重要性，卻在不知不覺間被誤傳成截然不同的說法了。」

「無關緊要了，我今後也不會去找那間店了。」

「這點是客人的自由，我無從置喙。那麼還請保重身體，等到結束旅行的時候會再帶著伴手禮來探病。」

單手扶住編織草帽的風依卡俯身鞠躬，優雅地走出房間。

我環顧再度只剩下自己的房間，忽然有種被盛夏籠罩的神奇感覺，沒有細想就穿著淺綠色的病人袍走出房間。走廊兩端都傳來耀眼的陽光，我選擇左轉，經過畫滿花朵、彩虹和小孩子手拉手跳舞的塗鴉牆然後再度左轉，拐入樓梯間往下走。

我繼續在醫院當中盲目前進，好一會兒才猛然驚覺這是上次來見草莓牛奶的那間醫院。感嘆於這個奇妙的巧合，我踏出通向停車場的側門，走進傾瀉而落的陽光當中。

燥熱的空氣頓時充滿肺部，讓我感到一陣暈眩，然而肯定只是單純的心理作用，畢竟我的病症不可能出現呼吸相關病狀。

左邊可以看見整排的汽車，引擎蓋和車頂被照得閃閃發亮；右邊則是可以看見圓環形狀的中庭，好幾位坐在輪椅的老人聚在樹蔭處聊天，兩位護士提著好幾袋手搖飲料經過他們，然而卻沒有看見風依卡的身影，接著我猛然想起比起開車，她應該更傾向於搭乘大眾交通工具或步行。

現在冷靜想想，我也不曉得自己究竟想和風依卡說什麼。

浮現在腦海的想法倏忽即逝，尚未掌握住它的意義就消失無蹤。我隨手撥開落葉，坐在階梯旁的矮牆，平緩急促的呼吸。

天空角落有一道斜斜的飛機雲，正在逐漸朝向上方前進。

這個時候口袋中的手機傳出震動。

我拿起的瞬間螢幕正好跳出害羞鯊的貼圖。齜牙咧嘴的那張。見狀，我不禁勾起嘴角，直接撥打電話。不到一秒就接通了。

「……幹嘛？」

草莓牛奶的聲音悶悶的，有些無精打采。

「妳在忙嗎？」

「剛才你的鈴聲害全班視線都集中到我身上了，現在姑且是自暴自棄地衝出教室，待在廁所的狀態，這樣應該不算在忙吧？」

無視語中帶刺的草莓牛奶，我率先詢問最在意的問題。

「我偷偷把藥丸換成維他命，而妳做了什麼？」

「呿，難怪我就覺得形狀太整齊了，怎麼全部都是橢圓形……我其實也沒有特別做什麼，只是少拿了幾種藥效比較嚴重的藥，況且如果確實按照網站的指示，至少要多上三倍的劑量。」

「但是依然有風險吧？真虧那個時候妳敢吞下去。」

「我學之前在電視看過的魔術手法，吞之前就將藥丸都放入口袋了，反倒是你竟然吞得那麼果決才真的嚇到我了，本來可沒有打算要驚動到救護車。當你睡著的時候我甚至考慮過要用腳施展哈姆立克法，不過那個時候救護車剛好到了。」

「搞什麼啊……」

我忽然覺得那種情況很滑稽，無奈搖頭。

「這是我的台詞。」

草莓牛奶的語氣相當凝重。

「既然你能夠這樣和我講話，表示身體沒問題吧？」

「應該吧。」凝視蔚藍遙遠的天空，收斂笑意的我平靜詢問：「為什麼妳要那麼做？」

「你不也做了一樣的事情。」

「之前妳說過別用反問回答問題吧。既然我先問了，麻煩好好回答。」

手機那端沉默了數秒。

「我看過你放在房間的病歷也查過資料了，雖然相當嚴重然而並非不治之症，只要接受治療仍然有機會痊癒。」

「我正是不想浪費金錢和時間才這麼做。」

「反正都要死了，不如拚命掙扎，反正最慘的結果不過是一死。」草莓牛奶用固執的語氣說：「因此我不想讓你那麼輕易就去死。」

「……真是至理名言，我無從反駁。」

聞言，草莓牛奶發出輕笑。

我宛如可以清晰地看見她得意十足的表情。

「總之事情就是這樣。如果你敢比我早死，我會自殺追過去殺你第二次。」

「我覺得這個做法有點矛盾喔。」

「吵死了！」

草莓牛奶聽起來就像貼著收音位置怒吼，我只好將手機暫時拿遠，默數十秒後才繼續說：

「所以，妳不想死了，對吧？」

「……這種事情還要一一確認真的很討厭。」

「我想聽妳親口說出來。」

草莓牛奶停頓了好一會兒。

淺淺的呼吸聲響在耳畔。

「至少在我和雙親好好談過之前不會那麼做了。」

「嗯。」
我如釋重負地吐息。
雖然草莓牛奶語帶保留，不過我明白只是基於某種奇怪的自尊和固執讓她不肯乾脆承認，今後應該再也不會有自殺的念頭了。
這樣就行了。
這樣就好了。
「——對了。」
草莓牛奶猛然開口，害我的心臟懸了一下。
「記得還影碟，如果要付延滯罰金，我可是半毛錢都不會出。」
提心吊膽的結果卻是無關緊要的瑣事，我不禁笑了出來。
「知道，我會去還。」
「我得參加暑期輔導，之後也得陪母親到警局處理一些後續事情，大概這個周末才能夠去探病。你給我努力撐到那個時候，別隨便就死了。」
「我儘量啦。」
「那麼……先這樣。」
「嗯，再聯絡。」
草莓牛奶乾脆地結束通話。我聽著「嘟嘟嘟」的機械音，良久才將手機塞回口袋。扳起手指數了一下，發現還有四天才能夠和草莓牛奶見面。雖然我或許無法聽見下個夏天的蟬鳴，不過「活上四天」這個目標意外地容易達成，不如說，內心充滿毫無根據的自信。

畫在手腕內側的紅色大叉相當顯眼。

我起身伸展身體，決定回病房睡個午覺，準備養足精神面對下午的雙親與前女友的質問攻勢。雖然在那之前，必須先去櫃檯問清楚自己的病房在哪裡。

湛藍天空的另一端，潔白炫目的積雨雲在鼓譟的蟬聲中緩緩爬升。

全書完

要青春31　PG1979

要有光
FIAT LUX

朱夏色的謊言

作　　者　佐渡遼歌
責任編輯　林昕平
圖文排版　周妤靜
封面設計　葉力安

出版策劃　要有光
發 行 人　宋政坤
法律顧問　毛國樑　律師
印製發行　秀威資訊科技股份有限公司
114台北市內湖區瑞光路76巷65號1樓
電話：+886-2-2796-3638　傳真：+886-2-2796-1377
http://www.showwe.com.tw
劃撥帳號　19563868　戶名：秀威資訊科技股份有限公司
讀者服務信箱：service@showwe.com.tw
展售門市　國家書店（松江門市）
104台北市中山區松江路209號1樓
電話：+886-2-2518-0207　傳真：+886-2-2518-0778
網路訂購　秀威網路書店：https://store.showwe.tw
國家網路書店：https://www.govbooks.com.tw
總 經 銷　聯合發行股份有限公司
231新北市新店區寶橋路235巷6弄6號4F
電話：+886-2-2917-8022　傳真：+886-2-2915-6275

出版日期　2018年6月　BOD一版
定　　價　280元

Printed in Taiwan

國家圖書館出版品預行編目

朱夏色的謊言 / 佐渡遼歌著. -- 一版. -- 臺北
市 : 要有光, 2018.06
面 ;　公分. -- (要青春 ; 31)
BOD版
ISBN 978-986-96321-2-6(平裝)

857.7　107007936

讀者回函卡

感謝您購買本書，為提升服務品質，請填妥以下資料，將讀者回函卡直接寄回或傳真本公司，收到您的寶貴意見後，我們會收藏記錄及檢討，謝謝！

如您需要了解本公司最新出版書目、購書優惠或企劃活動，歡迎您上網查詢或下載相關資料：http:// www.showwe.com.tw

您購買的書名：________________________________

出生日期：________年________月________日

學歷：□高中（含）以下　□大專　□研究所（含）以上

職業：□製造業　□金融業　□資訊業　□軍警　□傳播業　□自由業

□服務業　□公務員　□教職　□學生　□家管　□其它______

購書地點：□網路書店　□實體書店　□書展　□郵購　□贈閱　□其他

您從何得知本書的消息？

□網路書店　□實體書店　□網路搜尋　□電子報　□書訊　□雜誌

□傳播媒體　□親友推薦　□網站推薦　□部落格　□其他__________

您對本書的評價：（請填代號　1.非常滿意　2.滿意　3.尚可　4.再改進）

封面設計____　版面編排____　內容____　文／譯筆____　價格____

讀完書後您覺得：

□很有收穫　□有收穫　□收穫不多　□沒收穫

對我們的建議：________________________________

____

____

____

請貼
郵票

11466
台北市内湖區瑞光路 76 巷 65 號 1 樓

秀威資訊科技股份有限公司 收

BOD 數位出版事業部

....

（請沿線對折寄回，謝謝！）

姓　　名：________________　年齡：________　性別：□女　□男

郵遞區號：□□□□□

地　　址：____

聯絡電話：（日）__________________（夜）__________________

E-mail：____